# BALLADES

ET

# LÉGENDES

IMPRIMERIE DE H. FOURNIER ET C.ie
RUE SAINT-BENOIT, 7.

# BALLADES

ET

# LÉGENDES

PAR

SIMÉON PÉCONTAL

## PARIS

PAUL MASGANA, LIBRAIRE-ÉDITEUR

12 GALERIE DE L'ODÉON

—

1846

Plusieurs pièces de ce Recueil appartiennent à un genre de poésie encore peu répandu en France, la *Légende en vers*. Elle occupe cependant avec la *Ballade* un rang très-élevé dans les littératures étrangères, et surtout dans celles du Nord où elle a pour représentants les plus beaux génies de ces contrées. Qui ne sait tous les trésors qu'ont su tirer de cette mine féconde les *Goëthe*, les *Bürger*, les *Uhland* en Allemagne, les *Percy*, les *OEhlenschlæger*, et tant d'autres en Angleterre et en Danemark ? Intérêt puissant, imagination variée, sentiments exquis, sens philosophique profond, tout se trouve réuni, avec une sage mesure, dans ces sortes de sujets, dont le cadre est parfois très-restreint, mais qui se prêtent admirablement aux peintures de la vie humaine et aux enseignements de la pensée.

C'est que la *Légende* est une émanation de la raison divine. On dirait qu'à côté de Dieu elle a assisté à la formation des sociétés humaines, qu'elle a recueilli tous les bruits qui se faisaient autour d'elles, tous les mots qui tombaient des lèvres inspirées, et que, chargée de ces hautes et puissantes révélations, elle traverse les âges, laissant sur ses traces les germes féconds des choses futures et les fruits les plus doux de l'expérience. Aussi les peuples se sont-ils toujours et partout montrés avides d'entendre ses paroles, et curieux d'en pénétrer le sens.

Égale au moins à *l'Apologue* par la variété du langage et par l'intérêt des sujets, la *Légende* lui est souvent supérieure par la profondeur de ses vues et par la portée de ses mythes. Le lecteur y trouve un plus noble exercice de ses facultés en dégageant lui-même les moralités qu'elle cache. Elle a surtout cet avantage, que son caractère éminemment mystérieux la met facilement en rapport avec les instincts et les besoins les plus élevés de notre nature : reliant le passé au présent, elle introduit, pour ainsi dire, l'âme dans l'avenir en lui montrant sans cesse l'image d'un monde meilleur par l'association de tous les genres de merveilleux.

C'est moins, d'ailleurs, dans ce qu'elle dit que dans ce qu'elle fait sentir, que réside sa puissance. Concentrée sur un point où elle condense sa lumière, elle touche à une foule d'autres par sa force d'irradiation, et ouvre ainsi des horizons sans fin à l'esprit. Il y a, en ce genre, telle petite pièce, vrai diamant de poésie, qui réfléchit tout un monde comme l'œil de l'homme.

La France, qui compte tant de gloires dans son sein, s'est montrée peu soucieuse d'acquérir celle-ci. Soit dédain, soit crainte de ne pouvoir faire accueillir favorablement la *Légende* parmi nous, nos meilleurs poëtes se sont abstenus jusqu'ici de s'en occuper. Nous avons bien des légendes en prose; mais, par cela même qu'elles rentrent ainsi dans les conditions du roman, elles ne peuvent donner qu'une idée imparfaite du genre qui nous occupe.

D'autres poëtes, il est vrai, amoureux des antiques traditions et des récits naïfs de nos vieux fabliaux, ont essayé, à différentes époques, d'approprier la *Légende* au goût de notre nation. Le succès, malgré le mérite de quelques-unes de ces tentatives, a peu répondu aux espérances. Cette fleur de poésie, qui croît si virginale et si parfumée sur le sol de la Germanie, semble avoir peur de s'épanouir sur le nôtre, quoiqu'elle y ait jeté cependant des racines profondes.

Le temps de la *Légende* n'était-il pas encore venu pour notre pays, ou bien ceux qui tentaient de l'y ressusciter manquaient-ils des qualités qu'elle exige pour une pareille tâche? c'est ce qu'il ne nous appartient pas de décider. De ces deux hypothèses nous aimons mieux n'accepter que la première.

Mais, depuis cette époque, on est resté en France beaucoup moins étranger au mouvement poétique des esprits dans le nord de l'Europe. Les progrès qu'on a faits dans l'étude des langues de ces contrées a développé le goût et l'intelligence de leurs littératures, et l'on commence à comprendre que la différence de leurs produits ne constitue pas leur infériorité. Le moment serait donc assez favorable pour tenter un nouvel essai de la *Légende*.

Certes, les obstacles que cette tâche laisse encore à surmonter sont grands et de plus d'une espèce. Toutefois nous n'en sommes pas trop effrayés : serait-il en effet aussi malaisé qu'on paraît le craindre de donner quelque popularité, parmi nous, à un genre dont la naïveté et le merveilleux forment un des principaux caractères ? Est-ce que le cœur humain peut changer au fond ? Il est le même, et il sera toujours le même. Quoi qu'il en soit, si l'exploration d'une voie peu frayée a ses périls, elle a aussi son imprévu et ses bonnes fortunes.

Qui sait même si les difficultés qu'elle présente, loin de faire obstacle au talent, ne sont point de nature à le grandir et à le retremper par la lutte ? Et puis, la crainte d'un accueil dédaigneux ou distrait de la part du public est-elle réellement assez fondée pour qu'on doive s'en préoccuper sérieusement ? Nous valons mieux en France que notre réputation ; la vanité sans doute y mène les esprits ; on veut paraître plutôt qu'être ; on y est chagrin, frondeur surtout, mais c'est bien plutôt du bout des lèvres que du fond du cœur. On veut briller, n'importe comment et pourquoi ; le sentiment de notre propre valeur ne nous suffit pas ; bon gré mal gré, il faut que d'autres le partagent; on prouverait au besoin ce dont on n'est pas bien persuadé soimême. De là ce goût excessif pour la controverse à propos de tout et à propos de rien; de là ces jugements *ab irato* du soir, que le sens rassis du lendemain casse sans pitié; de là enfin ces injustices d'un moment et aussi ces promptes et éclatantes réparations, qui, en définitive, tournent toujours au profit des bonnes causes et de la raison. Devant un tel juge on peut avoir des craintes, mais c'est de n'avoir pas assez de talent pour répondre à la vivacité de son génie et à la riche variété de ses connaissances.

Mais à côté de ces justes appréhensions se placent les espérances : n'avons-nous pas de glorieux exemples pour prouver victorieusement qu'en gardant le respect de la langue, qui est celui du public, on peut ne pas trop s'effrayer des habitudes prises en littérature et des cultes exclusifs ou intolérants? Un de nos plus grands poètes, et des plus admirés, n'est-il pas parvenu à faire accepter des genres qui paraissaient, avant qu'il les eût traités, aussi peu sympathiques que la *Légende*, au caractère général de notre nation? La *Ballade*, entre autres, n'a-t-elle pas, grâce à lui, forcé les demeures les plus closes aux inspirations de la fantaisie, et ne formerait-elle pas, à elle seule, une riche couronne poétique pour tout autre que l'auteur des *Orientales?*

Les esprits d'un pareil ordre ne se rencontrent pas faci-

*a.*

lement sans doute, et il en faudrait un de cette trempe pour forcer soudainement les barrières qui se dressent encore devant la *Légende,* et pour lui faire prendre sa place d'assaut.

A moins de talent, moins d'ambition. Nous serions heureux, nous, si nous pouvions ouvrir d'abord une brèche dans les retranchements des préventions littéraires et des préoccupations politiques. Le temps fera le reste.

Un mot encore. Dans le prologue qui ouvre ce recueil nous avons cru pouvoir nous permettre d'étendre les limites de l'ancienne légende : elle empiétera parfois sur le terrain des faits historiques. A ceux qui trouveraient hardie cette prétention, nous n'opposerons pas notre bon plaisir en vertu du *quidlibet audendi* d'Horace, nous rappellerons seulement ce qu'a dit un des grands esprits de la Grèce, Aristote : « La poésie est quelque chose de plus philosophique et de plus sérieux que l'histoire. » La *Légende,* qui a mission d'instruire aussi bien que sa sœur, peut, par conséquent, tirer des faits les leçons qui lui conviennent : tout ce qui doit être lu, *legenda,* lui appartient ; elle le prendra donc, c'est son droit.

# PROLOGUE

— ◆ —

## LA LÉGENDE

C'était par un beau jour de mai, dans la campagne ;
A cet appel de Dieu quittant mon toit obscur,
Seul, je m'acheminais à travers la montagne,
Et j'aspirais à flots la lumière et l'azur.

Les oiseaux des buissons chantaient de branche en branche ;
Le scarabée épris des premiers feux du jour,
Fuyait en bourdonnant son humide séjour,
Et sous d'épais rameaux la tourterelle blanche
Recevait et donnait des caresses d'amour.

Chaque fleur au soleil s'ouvrait fertilisée ;
Chaque calice avait sa goutte de rosée,
Et tremblant sous l'abeille avide de son miel,
Semblait, dans le gazon, une étoile du ciel.

Tout poursuivait aux champs sa tâche commencée ;
Tout sentait de sa loi les secrets aiguillons,
Et moi, j'allais aussi cherchant dans quels sillons
Se cache l'aliment qui nourrit la pensée.

Et plus libre à l'aspect des vastes champs de l'air,
Mon esprit agrandi s'exaltait sur les cimes ;
J'aurais voulu donner à mes élans intimes
Le vol précipité de l'aigle et de l'éclair.

Mais que sont ces élans, si Dieu ne les dirige ?
L'esprit a des sommets qu'habite le vertige,
Et l'effroi de l'abîme atteint les plus altiers ;
Il vaut mieux de moins hauts et de plus sûrs sentiers.

Et réprimant l'essor de ma pensée ardente,
Je m'arrêtais aussi dans ma route imprudente,

Quand je vis un rocher dont le creux assombri
Contre les feux du jour offrait un doux abri.


Comme une tour au large il projetait sa base ;
La mousse tapissait ses flancs mystérieux ;
J'y passai doucement du repos à l'extase,
Puis un sommeil profond s'étendit sur mes yeux.


Mais du sommeil des sens l'âme perce les voiles ;
Elle a, comme la nuit, ses tremblantes clartés ;
Des songes quelquefois ainsi que des étoiles
Font briller dans son ciel d'étranges vérités.


Il me semblait errer au pays des merveilles,
Et j'étais, sous leur charme, avide de savoir ;
Tout frappait à la fois mes yeux et mes oreilles,
J'entendais sans comprendre et je voyais sans voir.


Un spectacle surtout excita ma surprise.
Sur le bord d'un chemin, de fleurs tout parsemé,
Une femme à l'œil vague, à la lèvre indécise,
Penchant son front rêveur et presque inanimé,

M'apparut, méditant près d'une grotte assise.

Sur elle mon regard longtemps resta fixé ;
Elle avait de la mort l'immobilité sainte,
Et comme une statue, en qui le temps lassé
N'a pu détruire encor cette divine empreinte
Que laisse le génie où sa flamme a passé,
Dans son aspect de marbre elle paraissait vivre.
Sur ses genoux pliés était ouvert un livre ;
A ses côtés gisaient pêle-mêle, sans choix,
Reliques de martyrs, talismans, amulettes,
Verveine, buis bénit, scapulaires et croix,
Et rameaux d'arbres saints ornés de bandelettes.

Et comme j'admirais d'un œil plus curieux :
— Tout ici cache un sens, profond, mystérieux,
Me dit alors la vierge, en relevant sa tête ;
J'attends, pour l'expliquer, les amours du poète ;
Il aura mes secrets s'il accepte ma main,
Et les fruits les plus doux naîtront de cet hymen.

Veux-tu m'appartenir ? — Je le veux, répondis je !

A peine avais-je dit, que soudain, ô prodige !

La vierge dans les airs s'élève, et, par degré,

Tout son corps resplendit d'un éclat éthéré ;

Un nuage d'azur la revêt de ses voiles,

Ses yeux brillent pareils aux lueurs des étoiles ;

Elle parle, et sa voix la rend plus belle encor,

Et la brise en passant sur sa lèvre ingénue,

Des parfums de son âme emportant le trésor,

Chasse ses blonds cheveux sur son épaule nue

Et les fait ondoyer comme une moisson d'or.


Puis, s'abaissant vers moi : Prends ce livre, dit-elle,

Qui s'ouvre à tes regards : c'est l'œuvre de mes mains ;

Là, des divins secrets la raison éternelle

M'a révélé le sens qu'elle cache aux humains.


Les temps sont mon empire, et ma puissance est grande :

J'ai pour sujets soumis des peuples tout entiers ;

Sous le chaume, aux châteaux, dans les bois, aux moutiers,

Partout j'obtiens la foi que ma bouche commande.

Si l'orgueil la dédaigne et parfois s'en défend,

Je porte mes leçons au cœur naïf et tendre ;

Souvent même je trouve, heureux de les entendre ;
Le génie attentif comme un petit enfant.


Je dévoile à demi ce que l'ombre dérobe ;
Au travers du passé je montre l'avenir :
Je ne suis pas le jour éclatant, j'en suis l'aube ;
Mais ma vue est perçante et j'ai long souvenir.
Assise aux carrefours, le soir, quand la nuit tombe,
J'accours au moindre bruit que m'apportent les vents ;
J'arrache quelquefois ses secrets à la tombe,
Car les morts ont leur langue ainsi que les vivants.
Tantôt, dans les forêts, je rôde quand vient l'heure
Où les mauvais Esprits sortent de leur demeure ;
D'autre fois, en passant sous les arches d'un pont,
J'écoute quel flot parle et quel écho répond.
Enfin, tout ce qu'il faut qu'on lise ou qu'on entende,
Je le cueille ; je suis, en un mot, la Légende.


Mais sur l'esprit humain si tel est mon pouvoir,
Ma mission d'en Haut m'impose un saint devoir :
Tous ces débordements de fureurs assouvies,
Ces hideux attentats, ces monstrueuses vies,

Qui n'auraient point de nom , si celui de l'Enfer

Avait pu leur manquer, même aux siècles de fer ;

Les lois de la nature horriblement enfreintes ;

Les tourments sans merci , les crimes sans remord ,

Gouffres d'iniquités , ténébreux labyrinthes ,

D'où l'on ne peut jamais sortir que par la mort ;

Tous ces faits teints de sang , qui font pleurer l'histoire ,

Je veux aussi , comme elle , en flétrir la mémoire.

C'est peu ; lorsque la loi demeure sans effet,

Quand son glaive trop court n'atteint pas le forfait ,

J'érige au fond du cœur un tribunal suprême

Où je fais condamner le crime par lui-même.

Je dis ce qui perd l'âme et quel pacte infernal

La livre à tout jamais au noir Esprit du mal.

J'aime le merveilleux ; c'est mon plus beau domaine :

Je brise les prisons de la science humaine :

Ce qu'elle n'a point vu , souvent je l'entrevois.

Tout mystère a son sens ; bienfaisant ou funeste ,

Le miracle obéit à d'invisibles lois,

Plus l'homme y disparaît , plus Dieu s'y manifeste,

Et plus ma voix alors prend un accent céleste.

Enfin, j'accepte tout , lorsque j'en puis tirer

Un grave enseignement que l'on doive admirer.

C'est par là qu'en tous lieux s'élève ma puissance ;
Mais, pour grandir encore, elle aspire à la France,
La France ! ce trépied dont la parole en feu
Devient la voix du peuple et l'oracle de Dieu !

A

# Julie.

I

# LES PAINS ET LES ROSES

---

A M<sup>lle</sup> FRÉDÉRIQUE P.

# LES PAINS ET LES ROSES.

## Légende du Quercy.

Il était autrefois un comte,

Avare et dur, nommé Percy,

Dont les fiefs, à ce qu'on raconte,

S'étendaient dans tout le Quercy.

2.

Souvent en chasse ou bien en guerre,

Et presque jamais au saint lieu,

Il n'aimait pas ou n'aimait guère

Les pauvres aimés du bon Dieu.


Mais le ciel, qui veille sans cesse

Sur la veuve et sur l'orphelin,

Qui du même œil voit la princesse,

Le gentilhomme et le vilain;


Dans sa providence infinie

Pour notre faible humanité,

A côté du mauvais génie,

Fit naître un ange de bonté.

De ce comte c'était la fille ;

Mais, peu fière de ses grands biens,

Les pauvres étaient sa famille,

Et leurs maux devenaient les siens.


Sa mère, des anges chérie,

Mourut en lui donnant le jour,

L'appelant du nom de Marie,

Afin qu'elle fût tout amour.


Marie aima comme sa mère,

Et, voyant tant de charité,

A ce don si grand Dieu le père

Ajouta le don de beauté.

Il mit sur ses lèvres pudiques

Le miel des cantiques bénis ;

Sur son front les roses mystiques

Qui croissent dans le Paradis.


Fleur de vertu, fleur odorante,

Elle n'avait rien à cacher :

Sa belle âme était transparente

Comme l'eau qui sort du rocher.


Quand devant Dieu, dans la chapelle,

Elle ouvrait son cœur virginal,

L'air pur qu'on respirait près d'elle

Avait un parfum matinal.

On eût dit sa sainte patrone ;

De sorte que les malheureux,

Qui recevaient d'elle l'aumône,

Croyaient la recevoir des cieux.


Quand son père, aux jours de frairie,

Allait chasser avec ses gens,

Aussitôt la jeune Marie

Faisait la part des indigents.


Les vieillards avaient la plus grande ;

Les malades, les affligés,

Tous ceux que Dieu nous recommande,

De leurs maux étaient soulagés.

Mais l'avare et soupçonneux comte,

Voyant diminuer ses pains,

Les mit sous clé, puis n'eut pas honte

De s'en aller courre les daims.


Les pauvres, sans inquiétude,

Venant chercher le pain du jour,

Déjà, selon leur habitude,

Du manoir remplissaient la cour.


En saints récits leur foi s'exhale :

Ils disent Dieu mort sur la croix ;

Puis l'Oraison dominicale

Est récitée à haute voix.

Marie , entendant leur prière ,

Comme l'oiseau qui court au blé ,

S'en va vite à la panetière ,

Mais point de pain , et point de clé !


La pauvre enfant est bien chagrine :

— Voir tant de malheureux souffrir !

Voir qu'ils ont faim , Vierge divine !

Et n'avoir rien à leur offrir !...


Disant cela , la jeune fille ,

Que le ciel éclaire et conduit ,

Vole au jardin , son regard brille :.....

— Si nos arbres avaient du fruit ! —

Mais ils n'ont que des fleurs écloses :

C'est le doux mois du renouveau,

Le mois de Marie et des roses,

Et des chants d'amour de l'oiseau.


Ah ! dit Marie en elle-même,

Si je ne puis mieux à présent,

Je veux à mes pauvres que j'aime,

Je veux faire au moins un présent.


Soudain les roses purpurines

Tombent au gré de son désir ;

Ses mains se piquent aux épines,

Mais ce mal n'est pas sans plaisir.

Sa moisson de roses est faite,

Elle en emplit son tablier,

Puis à la foule satisfaite,

Qui se presse vers l'escalier,


Dans sa candeur impatiente,

Légère sous son doux fardeau,

La naïve enfant se présente

Sur le perron du vieux château.


Des biens que le Seigneur envoie,

Elle semble l'avant-coureur ;

L'arc-en-ciel promet moins de joie,

Le soir, aux yeux du laboureur.

Mes amis, dit-elle, que faire?

Je n'ai pas de pain aujourd'hui ;

Sans y penser, bien sûr, mon père

Aura pris les clés avec lui.


Que votre bon cœur lui pardonne ;

Demain nous serons plus heureux ;

Je vais bien prier la Madone,

Le ciel exaucera mes vœux.


Mais en attendant que j'acquitte

Tout ce qui doit vous revenir,

Il ne faut point que je vous quitte

Sans vous donner un souvenir.

On l'entoure ; on est dans l'attente !..

— Que Dieu qui voit l'intention,

Dit-elle de sa voix touchante,

Daigne bénir mon faible don !


Approchez ; c'est bien peu de chose !...

Et chacun avançant la main,

Reçoit, ô miracle ! une rose

Qui se change aussitôt en pain !!


Frappés d'un aussi grand prodige,

Les pauvres, rendant grâce à Dieu,

S'en vont où le ciel les dirige,

Racontant sa gloire en tout lieu.

Le bruit des bienfaits de Marie

Bientôt se répandit au loin ;

Chaque jour, la foule attendrie

Venait pour en être témoin.


Tant de vertu toucha le père ;

L'homme dur enfin s'adoucit,

Et fit bâtir un monastère

Où j'ai recueilli ce récit.

◇◇◇

# LA CHASSE

# DU ROI ARTHUR

A M. ETIENNE CATALAN

# LA CHASSE DU ROI ARTHUR.

### Ballade des Pyrénées.

Vous qui, lorsque les loups hurlent dans les clairières,

Chantez sous vos plafonds constellés de lumières ;

Ou, venant vous asseoir devant l'âtre vermeil,

Courez, du coin du feu, le val et la montagne,

Faites des rêves d'or, des châteaux en Espagne,

Qu'achève ensuite un doux sommeil ;


Qui, dédaignant la foi de vos pieuses mères,

Les raillez en traitant leurs récits de chimères,

Et, — n'ayant jamais vu de monstre en aucun lieu,

Si ce n'est les griffons, les sphinx et les licornes

Peints sur vos murs, — riez du diable et de ses cornes,

Et peut-être même de Dieu !


Ou qui, lorsque parfois votre âme rembrunie

Veut des émotions d'infernale harmonie,

Des démons d'Opéra lui donnez le concert,

Gardez-vous bien d'aller l'hiver aux Pyrénées,

Car c'est là qu'on entend des voix vraiment damnées

Et d'autres diables que Robert !


Je ne saurais jamais vous peindre le vacarme

Et le sabbat qu'ils font pour répandre l'alarme :

On les dirait encore aux prises avec Dieu,

Tant ils sont indignés, tant leur noire furie

Rugit, tempête, et semble un grand bruit de tuerie,

Ou de blasphèmes au saint lieu.


Tantôt avec fracas ils roulent dans les nues,

Arrachent l'avalanche aux montagnes chenues,

La rendent homicide; et, se joignant aux vents,

De tout ce qui trépasse ils expriment le râle,

Parlent dans les cyprès d'une voix sépulcrale ,

Et font peur des morts aux vivants.


Tantôt ils vont plonger dans le fond d'une gorge ;

Ils imitent les cris de femmes qu'on égorge ,

Se taisent un moment pour éclater en pleurs ;

Et puis ils font trembler leur voix comme des chèvres ,

Et par les rocs fendus sifflent , et de ces lèvres

Semblent appeler des voleurs.


En son chemin alors malheur à qui s'attarde ;

S'il n'a son saint patron pour guide , il se hasarde...

Il peut perdre son corps et son âme en ce lieu.

Aussi , quand vient l'hiver , chacun fuit la montagne ;

Le pauvre seul avec ses fils et sa compagne

    Y reste à la garde de Dieu.


Il y reste ! et Dieu sait s'il tremble dans sa hutte

Quand la neige et les rocs l'assiégent de leur chute !

Et pourtant il se voit contraint de s'y cacher

Tout le temps que l'ours brun , dans sa tanière obscure,

Taciturne , engourdi , jeûne, et pour nourriture

    N'a que ses pattes à lécher.


Or, une nuit, les monts de vapeurs se voilèrent ;

Un grand bruit fut ouï dont les forêts tremblèrent ;

La lune s'enferma dans de sanglants anneaux ,

Et puis on entendit aboyer les nuages ,

Et les vents accouraient en soufflant les orages

Par les quatre points cardinaux.


Et tout ce qui dormait dans le fond de son gîte,

Hommes, femmes, troupeaux, se réveille, s'agite;

Et l'enfant s'écriait, tout saisi de stupeur :

Mère, mère! entends-tu là-haut des bruits horribles?

Mon Dieu! quels juremens! quels aboiements terribles!

Mère! cache-moi, j'ai bien peur!


— Prions, prions plutôt, mon enfant! la prière

Préserve du démon le pauvre et la chaumière;

Par elle on peut toujours défier son pouvoir,

Et celui qui dans l'air hurle à présent, tempête,

Ne serait point damné si, tous les jours de fête,

Il avait rempli ce devoir.


Prions pour qu'il s'éloigne.—Et qu'a-t-il fait?—Écoute,

Mon enfant, dit la mère, et vois ce qu'il en coûte

Lorsqu'à ses passions on ne met aucun frein :

L'esprit qui maintenant passe sur la montagne,

C'est Arthur, qui régna jadis sur la Bretagne,

Grand chasseur, mauvais souverain.


Du bonheur de son peuple il ne s'occupait guère ;

Il consumait ses jours dans la chasse ou la guerre,

Aux soins de son salut ne donnant nuls instants ;

Mais, pour courre le cerf, qu'il fût dimanche ou fête,

4

Que la moisson touchât au moment d'être faite,

Qu'il fît soleil ou mauvais temps,


Rien ne le retenait ; par les monts, par la plaine,

Il allait, il jurait, sacrait à perdre haleine ;

Et Dieu sait si le champ du pauvre en pâtissait !

Mais le pauvre avait beau le maudire et se plaindre,

Les meutes et les gens d'Arthur le faisaient craindre

Et criaient tant, qu'on se taisait.


Il n'épargnait pas plus le champ du monastère,

Et soit qu'il rencontrât église ou cimetière,

Il ne faisait jamais le signe de la croix ;

Jamais, lorsqu'il tonnait, il ne brûlait de cierges,

Et se moquait toujours des images de Vierges

Quand il en trouvait dans les bois.

Mais malheur, mon enfant, à qui nous scandalise !

Un jour donc qu'il était entré dans une église,

Comme pour se moquer de ce qu'on y prescrit,

Tout à coup, au moment où chacun en prières,

Tremblant, à deux genoux, adore les mystères

De Notre Seigneur Jésus-Christ ;

Il entend que ses chiens ont relancé leur proie,

Et laissant éclater une infernale joie,

Il osa blasphémer le saint nom de Jésus,

Disant : Maudits soient-ils et la messe et le prêtre,

Le cerf dix cors d'hier va m'échapper peut-être !

Vite, vite, courons-lui sus.


Mais, à peine sorti, de grands cris s'élevèrent ;

Des diables furent vus, mon fils, qui l'enlevèrent,

Lui déchirant la chair de leurs ongles brûlants ;

Et le prêtre accourut jetant de l'eau bénite,

Afin de l'arracher à la troupe maudite,

Mais, hélas ! il n'était plus temps !


Et depuis ce jour-là, dans la nue et l'orage,

Dans la trombe et l'éclair, s'animant au carnage,

Remplissant l'air du bruit de ses chiens et du cor,

Et poursuivant tantôt le cerf dans les campagnes,

Tantôt l'isard timide, errant sur les montagnes,

Toujours il chasse, et chasse encor...

# JEANNE

# JEANNE.

### Légende du Quercy.

## I.

Il était nuit, bien nuit au pied de la montagne ;

Le val glacé semblait un grand sépulcre ouvert,

De tous côtés la neige avait fait son désert,

Et les vents déchaînés hurlaient dans la campagne.

Voyant passer quelqu'un dans un sentier peu sûr,

Un vieux pâtre, — et l'on sait que tout pâtre est prophète, —

Avait dit : Hâte-toi de gagner ta retraite :

La hulotte a crié, là-bas, dans le vieux mur.....


## II.


— Jeanne, tu dors ? — Je priais Dieu, ma mère.

— Va-t'en plutôt,

Va vite emplir la cruche à la rivière,

Et reviens tôt.


— Si tard, ma mère ! il gèle, il vente, il neige !

J'irai demain.

— Non, sur-le-champ. — Mais, mon Dieu! trouverai-je

Le bon chemin?

Vous le savez, on n'en voit plus la trace

Ni loin, ni près,

Et, sûrement, par la neige et la glace

Je me perdrais. —

En ce moment une lueur rougeâtre

Parut au nord;

Un passereau tomba de froid dans l'âtre,

A demi mort.

— Réchauffons-le ; pauvre oiseau sans famille,

Petit martyr !...

— Tu me lasses enfin , maudite fille ;

Veux-tu partir ?


Jeanne effrayée allant ouvrir la porte :

— Quel temps ! mon Dieu !

Mère, voyez !... Vous voulez que je sorte,

Eh bien , adieu !


La bise entra, poussant des cris funèbres

Comme la mort ;

La mère eut froid, et sentit les ténèbres

Et le remord.

Un mouvement,... mais la honte plus forte

Le comprima,

Et son cœur dur soudain comme la porte

Se referma.

### III.

La cruche en main, Jeanne en tremblant chemine,

Et bien souvent,

Pour se guider, regarde sa chaumine

Fumer au vent.

Mais ce fanal, qui de loin la protége,

S'évanouit,

La laissant seule au milieu de la neige

Et de la nuit.


A chaque effort qu'elle tente, le doute

Suspend ses pas :

— Mon Dieu, mon Dieu, si je prenais la route

De mon trépas !


Où vais-je ? où suis-je ? enseignez-moi la rive ?

Tout se confond !

Tout est désert ! pas une âme qui vive !...

Rien ne répond !

Rien ne répond que le givre qui tremble ;

Et, par moments,

Jeanne croit voir des morts heurter ensemble

Leurs ossements.


Parfois du creux d'un chêne ou d'une roche,

Nocturne abri,

Un noir corbeau s'échappe à son approche,

Jetant un cri.


Hors d'elle alors, tant sa frayeur est grande,

Au même lieu,

La pauvre enfant se perd et recommande

Son âme à Dieu.

A chaque pas son pied glisse ou s'enfonce ;

Elle, pourtant,

Par de saints noms que sa lèvre prononce,

Va s'excitant.


Elle s'en va, marchant à l'aventure,

S'en va toujours,

De la rivière épiant un murmure,

Cherchant son cours.


Mais pas un bruit ne se laisse surprendre ;

L'œil ne peut voir

Rien que la neige, hélas ! qui semble rendre

Le ciel plus noir.

Jeanne pourtant, dans ce moment suprême ,

Ne faiblit pas ;

Son cœur, plus fort devant le péril même ,

Soutient ses pas.


Il l'encourage encore, il la ranime ,

Fatal espoir !

Elle marchait déjà sur un abîme ,

Sans le savoir !...


. . . . . . . . . . . .

. . . . . . . . . . . .

## IV.

— Ouvrez vite, ouvrez-moi la porte ;

Voici l'eau que je vous apporte,

Il fait bien froid, mère, ouvrez-moi. —

La mère dit : Jeanne, est-ce toi ?


— Oui, c'est moi qui reviens, ma mère,

Avec de l'eau de la rivière,

Ouvrez-moi, je me sens mourir. —

La mère dit : Je vais t'ouvrir.

La porte s'ouvre d'elle-même !...

Soudain une figure blême

Apparaît, et, tremblant d'effroi,

La mère dit : Malheur à moi !


Malheur à toi ! dit le fantôme ;

Je reviens du sombre royaume

Pour t'exhorter, au nom de Dieu,

A faire pénitence. Adieu !


## V.


Et depuis nul n'a su ce que devint la mère ;

Un deuil morne se fit autour de la maison,

Ceux qui passaient par là faisaient *Au nom du Père*

Et récitaient une oraison.


On dit même qu'à l'heure où gémit la hulotte,

Où l'angélus du soir se lamente et sanglotte,

Les pâtres attardés entendent de ces lieux

S'échapper quelquefois des bruits mystérieux,

Des sons entrecoupés de mots tirés des psaumes,

Qui mêlant leurs soupirs aux vents glacés du nord,

Viennent, échos lointains d'invisibles royaumes,

Effrayer les vivants par des pensers de mort.

# LE DRACK

# LE DRACK.

### Légende du Quercy.

Un jeune enfant, à la vesprée,
S'en allait jouant dans le val.
Sur la pelouse diaprée
Un guerrier survient à cheval.

Où vas-tu si tard dans la plaine,

Tout seul ainsi, petit enfant?

Viens au bois pour reprendre haleine.

— Non ; ma mère me le défend.


— Tu n'en diras rien. — Oh! ma mère

Sait ce que je fais sans le voir !

— Quel est son métier? — Lavandière :

Entendez d'ici son lavoir.


— Mais ne crains-tu pas, mon bel ange,

Le loup qui rôde par les champs?

— Beau cavalier, le loup ne mange

Que les petits qui sont méchants.

— Cependant, si tu veux m'en croire,

Il ne faut pas trop s'y fier :

On dit que quand la nuit est noire…

— Que dit-on, seigneur cavalier ?


— Qu'il est plus sûr d'aller ensemble ;

Avec moi ne crains aucun mal.

Tu dois être las, il me semble ;

Veux-tu monter sur mon cheval ?


— J'en ai peur ; il a l'œil si rouge !

Il est noir, noir comme la nuit,

Et puis, voyez ! toujours il bouge,

Et ses pieds ne font aucun bruit !

6

— C'est que sur le sol qu'il effleure

Il a peine à se contenir :

Il peut aller, en moins d'une heure,

Au bout du monde et revenir !


— Alors, oh ! que de belles choses

On pourrait voir en un moment !

— Plus qu'au printemps il n'est de roses,

Et d'étoiles au firmament !


Ce sont les fleurs les plus étranges,

Et des fruits d'un goût sans pareil ;

Des orangers tout pleins d'oranges,

Dans des champs tout pleins de soleil.

Ce sont des rois, ce sont des reines,

Assis au milieu de leur cour ;

Ce sont des villes si sereines,

Que dans la nuit il y fait jour.


On voit tout ce qui peut surprendre :

Des hommes de toutes couleurs ;

Des oiseaux qui se laissent prendre

Avec la main comme des fleurs !


Ici, dans des forêts sauvages,

Paissent des troupeaux d'éléphants ;

Là, les perles sur les rivages

Servent de jouet aux enfants.

On voit les monts, on voit les plaines

Où l'or se trouve par monceaux ;

La mer où nagent des baleines

Aussi grandes que des vaisseaux.

Eh bien ! ce merveilleux spectacle,

L'univers ! va s'offrir à toi,

En un moment, et par miracle,

Si tu veux venir avec moi. —

Et l'enfant que le charme enivre,

Près du cavalier vient s'asseoir :

—Vous dites, si je veux vous suivre,

Que je puis revenir ce soir.

— Oui, ce soir même, enfant; mais songe

Qu'il est déjà tard; tu m'entends;

Partons; vois l'ombre qui s'allonge !

Bientôt il ne serait plus temps. —


Et son œil, plein d'inquiétude,

Suit du val le sentier battu;

Rien ne trouble la solitude,

Mais l'écho du lavoir s'est tu...


L'enfant alors : — Pour que je monte,

Approchez-vous de l'escalier

Que cette croix, ici, surmonte;

La voyez-vous, beau cavalier?

6.

Le cheval recule et se câbre.

— Comme il a frémi tout à coup

Votre cheval ! Tirez le sabre,

Peut-être qu'il a vu le loup.

— Il l'a vu, sans doute, et je tremble :

Que deviendrais-tu là, tout seul ?

Viens, cher enfant ; allons ensemble

Derrière cet épais tilleul. —

Et l'enfant, tendant sa main blanche,

Suit le cheval, cède à l'attrait ;

Le cavalier vers lui se penche,

Le jette en croupe et disparaît.

Un long cri traversa la plaine...

La mère accourt, soins superflus !

Pour l'aller voir à la fontaine

Son pauvre enfant ne revint plus. —

# LES DEUX BAISERS

# LES DEUX BAISERS.

**Légende du Quercy.**

La foudre battait la montagne,

L'effroi de Dieu, qui l'accompagne,

Sonnait les cloches des couvents ;

Seul, un guerrier de Charlemagne,

Sur son coursier, par la campagne,

Traversait l'orage et les vents.

— Esprits des tempêtes,

Goules et démons,

Pourquoi de vos monts

Quittez-vous les faîtes ?

Votre œil en courroux

Sur mes pas flamboie,

Comme sur leur proie

L'œil sanglant des loups.

La mort, la mort déjà me gagne ;

Plus vite que votre courroux

Mon coursier franchit la campagne ;

Noirs Esprits, que me voulez-vous ?


— Viens avec nous. —


— Non, laissez-moi, sans prendre haleine,

Aussi loin que s'étend la plaine,

Laissez-moi, laissez-moi courir

Si vous saviez de quelle peine

Celle que je voulais pour reine

A souffert et m'a fait souffrir !


La mort, la mort déjà me gagne,

7

Plus vite que votre courroux

Mon coursier franchit la campagne;

Noirs Esprits, que me voulez-vous?


— Viens avec nous. —


Si tendre encore était son âge !

Elle brillait, fraîche et sauvage,

Comme la fleur de l'églantier;

Elle était d'un très-haut lignage,

Et jamais aussi beau visage

N'embellit manoir ni moutier.


Du haut de la même colline,

Nos castels, que Dieu seul domine,

Dominaient les mêmes sillons,

Et nos pères, en Palestine,

Ensemble à la table divine,

Avaient fait leurs dévotions.


L'hiver, près de l'âtre qui brille,

Le saint travail de son aiguille

Ornait les nappes de l'autel ;

Ou bien, pour charmer sa famille,

Ses jolis doigts de jeune fille

Enluminaient le vieux missel.


Aux jours d'été, dans la coudrette,

Elle cueillait la pâquerette,

Ou le liseron du chemin,

Et la bondissante chevrette,

En faisant sonner sa clochette,

Joyeuse, mangeait dans sa main.

De ces jeux témoin trop fidèle,

J'oubliais les camps auprès d'elle,

Auprès d'elle j'oubliais Dieu !

Et, le soir, quand la tourterelle

La rappelait à sa tourelle,

Je pleurais de lui dire adieu.

Je l'aimais ! Bientôt ma tristesse

Frappa sa naïve tendresse.

« Qu'avez-vous ? d'un air alarmé,

Dit-elle ; il faut, dans la jeunesse,

Tenir notre cœur en liesse. »

— Malheur ! je n'étais pas aimé !


Malheur à moi ! je voulus l'être ;

Je voulus devenir le maître

De qui je n'étais pas l'amant,

Et, malgré l'avis d'un saint prêtre,

A qui j'avais tout fait connaître,

Je consultai le nécromant.


Prends, me dit-il, cet amulette ;

Si tu peux au front d'Isolette

Imprimer le premier baiser,

La vierge sera ta conquête,

Et par ma puissance secrète,

Un jour tu pourras l'épouser !


— La mort, la mort déjà me gagne ;

Plus vite que votre courroux

Mon coursier franchit la campagne ;

Noirs Esprits, que me voulez-vous ?


— Viens avec nous. —


Je revins rempli d'espérance ;

Son père bénit ma présence,

On me fit fête au vieux manoir :

Isolette dit sa romance,

J'ouvris avec elle la danse :

Tout à coup le ciel devint noir !


Jusqu'à minuit dura la ronde ;

Mais la tempête furibonde

Ne ralentissait pas ses coups :

— Vous l'entendez, l'orage gronde,

L'horreur de la nuit est profonde :

Carloman, restez avec nous.


J'acceptai l'offre hospitalière ;

On fit en commun la prière,

Puis à chacun je dis adieu.

Mais quand pâlit toute lumière,

Quand se ferma toute paupière,

Quand tout dormit, excepté Dieu !


Prenant alors mon amulette,

Du sanctuaire d'Isolette

Je m'approche d'un pas tremblant ;

J'entr'ouvre une porte secrète,

J'entre, et, profanant sa retraite,

J'ose écarter le rideau blanc !


Elle dormait près d'une Bible ;

De son souffle, à peine sensible,

L'air avait gardé la douceur ;

La lune, longtemps invisible,

Descendit sur son front paisible,

Et l'enfer au fond de mon cœur.


Jamais je ne la vis si belle :

Un réseau de fine dentelle

Errait sur son sein virginal ;

Soudain je me penchai sur elle,

Et de ma lèvre criminelle

J'imprimai le baiser fatal....


— La mort, la mort déjà me gagne ;

Plus vite que votre courroux

Mon coursier franchit la campagne;

Noirs Esprits, que me voulez-vous ?


— Viens avec nous. —


Le lendemain, lorsque l'aurore

Réveilla, sanglant météore,

Varlets et pages du castel,

Isolette, vivant encore,

Du feu d'enfer qui me dévore

Gardait le stigmate mortel.


Elle expira dans les tortures !...

Et moi, de mes amours impures

J'emporte le brûlant poison ;

Le remords me fait ses morsures,

Et je fuis avec mes blessures

Jusques au bout de l'horizon.


Je fuis, je fuis, car la vengeance

Derrière moi crie et s'élance

Au grand galop de son coursier ;

Mon forfait est sans espérance :

J'ai flétri la fleur d'innocence,

J'ai souillé l'honneur du foyer !...


— La mort, la mort déjà me gagne ;

Plus vite que votre courroux

Mon coursier franchit la campagne ;

Noirs Esprits, que me voulez-vous ?


— Viens avec nous. —


Mais où m'entraîne votre rage,

Esprits des monts et de l'orage ?

La plaine se perd loin de nous !

Dieu ! que ce sentier est sauvage !

Mon coursier est dans le nuage !

Noirs Esprits, que me voulez-vous ?


— Viens avec nous. —

Tu vas trouver douce compagne,

Plaisirs d'amour, plaisirs si doux,

Car te voilà sur la montagne

Pour danser la ronde avec nous.


Soudain la montagne frissonne ;

La tempête hurle et bouillonne,

De la ronde c'est le signal :

Elle s'effare, tourbillonne,

Et, sous l'éclair qui l'aiguillonne,

Commence le cercle infernal.


Trois fois le cercle sur lui-même

Roula, vomissant le blasphème

Dans d'impurs et hideux transports :

Comme un homme à l'heure suprême,

Carloman tremblait, pâle et blême,

Sous le fouet sanglant du remords.


Tout à coup on suspend la fête ;

Le chevalier, qu'un bras arrête,

Sent une femme l'embrasser ;

Il croit voir la blonde Isolette ;

Mais, ô terreur ! c'est un squelette

Qui lui rend son premier baiser !...


Et Carloman l'eut pour compagne,

Et répétant : la mort me gagne,

Dansa la ronde des esprits ;

Mais s'il descendit la montagne,

Dans le val et dans la campagne,

C'est ce qu'on n'a jamais appris.

II

# ANIEL

## ANIEL.

Aniel baigne ses pieds, pensive,

Au bord d'un paisible ruisseau ;

Un cygne, amant de cette rive,

Lui dit : Pourquoi troubles-tu l'eau ?

Aniel, l'œil de larmes humide :

— Sois sans crainte, l'onde saura

Redevenir bientôt limpide,

Et le ciel s'y réfléchira.


Ah ! c'était sous l'épais feuillage,

Quand, le front vers le mien penché,

Le jeune Érin sur mon visage

Tenait son regard attaché,


C'était à lui qu'il fallait dire :

Ne trouble pas le cœur d'Aniel ;

Cœur troublé, qui d'amour soupire,

Ne peut plus réfléchir le ciel.

# CHRISTEL

# CHRISTEL.

### Ballade Danoise.

La mère de Christel est occupée à coudre ;

Mais sa fille a le front pâle et bien soucieux,

Elle veut travailler et ne peut s'y résoudre,

Et des pleurs coulent de ses yeux.

9

— Ma petite Christel chérie,

Pourquoi pleurer ? Qu'as-tu donc fait,

Que je te trouve si marrie

Et le visage si défait?


— Si je suis marrie et défaite,

Mon Dieu! ce n'est pas étonnant :

Je n'ai plus ni repos ni fête,

J'ai tant à coudre maintenant !


— Pourtant je connais dans la ville

Des filles plus belles que toi,

Et leur travail est plus utile

Et mieux fait que le tien, ma foi.

— Eh bien! puisque j'y suis réduite,

Je vais t'avouer mon secret :

Notre jeune roi m'a séduite,

En me disant qu'il m'aimerait !

— S'il t'a séduite alors, ma fille,

Que t'a-t-il donné, notre roi ?

— Une robe couleur jonquille

Qui m'étreint et m'emplit d'effroi ;

Il m'a donné, — faut-il que j'ose

Achever ce pénible aveu ? —

Il m'a donné des souliers rose

Qui me brûlent comme du feu !


Il m'a fait mainte autre largesse,

Et maint présent plus riche encor :

Pour m'en servir dans ma tristesse,

Il m'a donné sa harpe d'or.


Christel en tire un son qui murmure dans l'ombre ;

Le roi l'écoute sur son lit ;

Elle en tire un second plus plaintif et plus sombre ;

Le roi s'en émeut et pâlit.

Il appelle aussitôt un serviteur fidèle :

— Fais venir Christel devant moi.

Elle arrive, et debout : — Que voulez-vous, dit-elle,

Pour m'envoyer quérir, ô roi ?


— Viens sur ces coussins bleus t'asseoir, à cette place,

Christel, je veux t'entretenir.

— Je puis rester debout ; parlez, je ne suis lasse,

Et laissez-moi m'en revenir.


Le roi se lève et dit : Christel, bannis ta peine,

Et reçois la couronne avec le nom de reine.

—⁓Ɉᴜ∫Ɉᴜᴜ⁓—

9.

# KARINE

---

A M<sup>me</sup> BENJAMIN CONSTANT.

# KARINE.

**Ballade Danoise.**

## I.

Karine, douce fille blonde,

Servait auprès d'un jeune roi ;

Auprès d'un roi craint dans le monde

Servait Karine, fille blonde,

Pleine de candeur et de foi.

Entre les vierges ses compagnes,

Elle brillait d'un éclat pur,

Elle brillait, fleur des montagnes,

Entre les vierges ses compagnes,

Comme une étoile dans l'azur.


Et le roi, la voyant si belle,

Demeurait souvent interdit,

Souvent interdit devant elle;

Mais enfin, la voyant si belle,

Un jour il l'appelle et lui dit:


— Si tu veux être à moi, Karine,

J'ai d'ardents chevaux pommelés,

Des chevaux à la taille fine,

Que je te donnerai, Karine,

De leurs selles d'or tout sellés.


— Tes chevaux que l'ardeur entraîne

Et leur selle d'or me font peur ;

Donne-les à ta jeune reine,

Tes chevaux que l'ardeur entraîne,

Laisse-moi garder mon honneur.


— Écoute, Karine, je t'aime ;

Eh bien ! si tu veux être à moi,

J'ai pour ton front un diadème

A rendre Karine que j'aime

Riche autant que femme de roi.

— Tes richesses feraient ma peine ;

J'aime mieux cacher mon bonheur ;

Donne-les à ta jeune reine,

Tes richesses feraient ma peine,

Laisse-moi garder mon honneur.

—Écoute, Karine, sois bonne ;

Si du mien ton cœur a pitié,

De mon royaume je te donne,

Penses-y, Karine, sois bonne,

Oui, je te donne la moitié !

— Je ne veux être souveraine ;

Garde ton royaume et ton cœur ;

Donne-les à ta jeune reine ;

Je ne veux être souveraine,

Laisse-moi garder mon honneur.


— Eh bien ! Karine, écoute encore,

Si tu ne veux pas être à moi,

Si mon amour te déshonore,

Eh bien ! Karine, écoute encore,

Et crains la colère du roi !


— Je ne crains que Dieu, mon seul maître,

Qui met les méchants en enfer.

10

— Et moi je vais te faire mettre

Dans le tonneau, par moi, ton maître,

Tout rempli de pointes de fer !


— Si tu traites ainsi Karine,

Les anges du ciel le verront,

Et devant la face divine,

Si tu traites ainsi Karine,

Leurs voix un jour t'accuseront.


— Eh bien ! voyons qui de tes anges

Ou de moi sera le plus fort.

Qu'ils viennent rangés en phalanges,

Et qu'on puisse voir si tes anges

Sauront te sauver de la mort.


## · II.


Les ordres du roi s'accomplissent :

Karine est livrée au bourreau,

Dont les rudes mains la saisissent,

Et la jettent dans le tonneau.


Tout à coup son front s'illumine ;

Deux blanches colombes alors,

Descendant du ciel sur Karine,

De leurs ailes couvrent son corps.

Quand les colombes descendirent,

On n'en avait compté que deux ;

Lorsqu'en chantant elles partirent,

On en vit trois monter aux cieux !...

# AGNÈTE

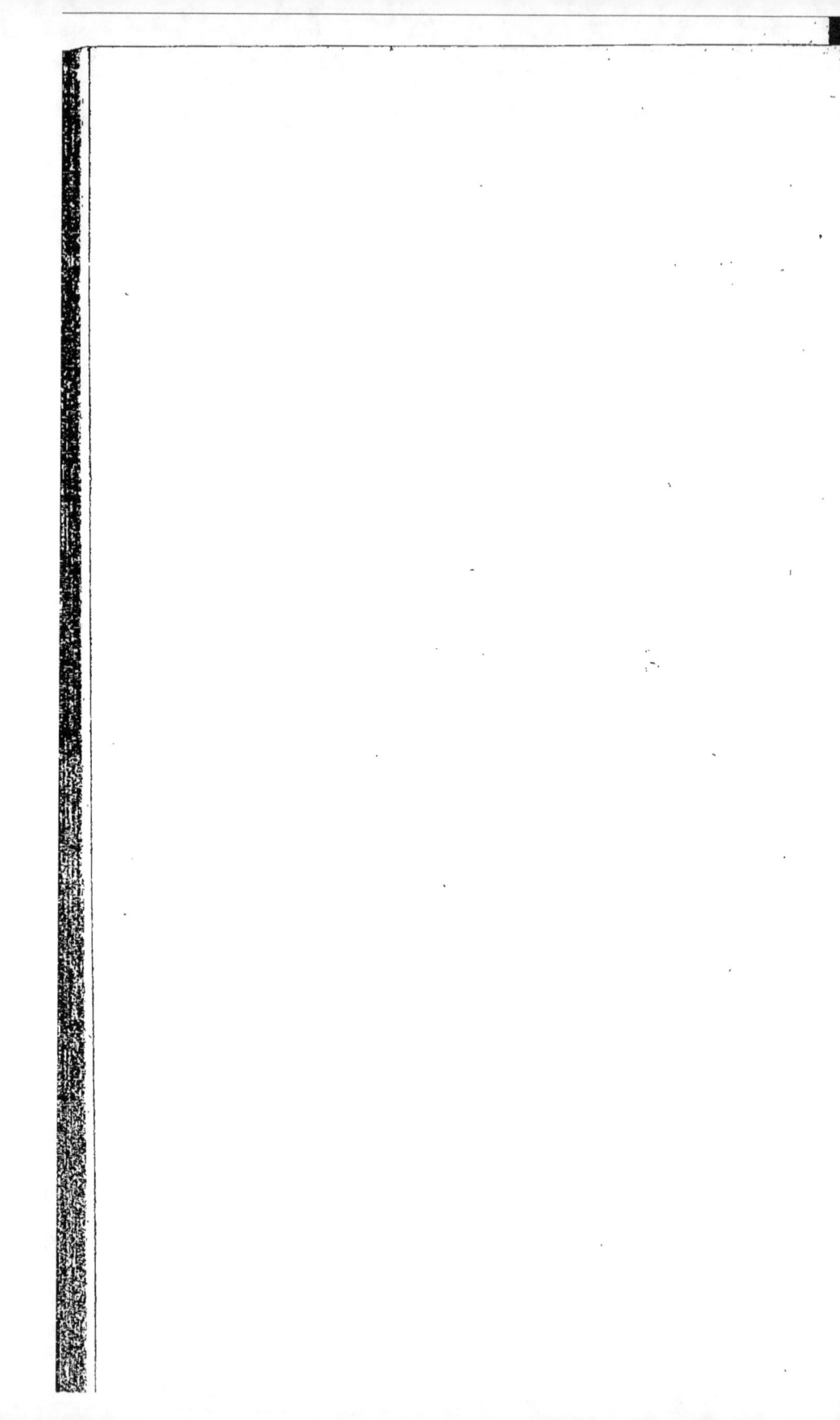

# AGNÈTE.

**Légende Danoise**

IMITÉE DE OELENSCHLAGER.

Agnète, rêveuse, est assise
Toute seule au bord de la mer ;
Elle écoute gémir la brise
Et soupirer le flot amer.

Tout à coup l'onde se soulève,

Bouillonne, écume, et, comme un trait,

S'élançant des flots vers la grève,

Le Trolle de mer apparaît !


Il porte cuirasse d'écailles

Qui reluit comme de l'argent,

Brassards, cuissards, cotte de mailles,

Tout en nacre à reflet changeant.


Dans sa dextre est une massue :

C'est la rame d'un marinier ;

Dans sa main gauche une tortue,

Dont il s'est fait un bouclier.

Il a pour casque, avec aigrette,

Une coquille d'escargot,

Pour éperons la double arête

D'un poisson à forme d'ergot.


Sa chevelure, qui ruisselle,

Est verte comme des roseaux,

Et sa voix est semblable à celle

De la mouette sur les eaux.


— Homme de mer, peux-tu me dire,

S'écrie Agnète, quand viendra

L'inconnu pour qui je soupire,

Et qui pour moi soupirera ?

Belle Agnète ! toujours attendre,

Répond le Trolle, est peu sensé :

C'est moi, c'est moi qu'il te faut prendre

Pour amant et pour fiancé.


J'ai dans la mer où je commande

Un grand palais tout en cristal ;

J'ai des diamants en guirlande

Pour orner ton front virginal !


J'ai des coraux, j'ai des coquilles

Dont fleurit toujours la moisson,

Pour me servir cent jeunes filles,

Moitié femme, moitié poisson.

J'ai, dans un jardin solitaire,

Des fleurs dont l'éclat est pareil

A celles qu'on voit sur la terre

Se balancer sous le soleil.


De ces lieux tu seras la reine,

Tu voyageras en traîneau,

Et tu verras, plus prompt qu'un renne,

Le phoque t'emporter sur l'eau !


— Si tu dis vrai, je veux te prendre

Pour amant et pour fiancé ;

Toujours languir, toujours attendre,

Répond Agnète, est peu sensé.

Mais , mon Dieu ! notre mariage ,

Personne ne le bénira ,

Et quel affront dans le village ,

Lorsque ma mère l'apprendra.


La cloche du village sonne,

— Ce matin, je m'étais promis

D'offrir des fleurs à ma patronne...

— Viens, pour elle j'ai des rubis !


Agnète dans la mer s'élance ;

Le Trolle sur un lit de joncs

L'assied doucement , la balance,

Puis l'entraîne aux gouffres profonds.

Avec lui, dans le sein de l'onde,

Elle vécut pendant six ans ;

Elle devint cinq fois féconde,

Et fut mère de cinq enfants.


Leurs jeux, leurs naïves caresses

Longtemps réjouirent son cœur ;

Mais des regrets et des tristesses

Parfois traversaient son bonheur.


Un soir, assise sous des roches

Que tapisse l'algue des mers,

Elle entendit sonner les cloches

Dont les sons vibrent dans les airs.

11

Elle croit voir sa maison blanche,

Et le village, et le saint lieu

Où sa famille, le dimanche,

Avec elle allait prier Dieu.


Agnète alors, humble et soumise,

De son époux prenant la main :

— Permets-moi d'aller à l'église;

Et de communier demain.


—Oui, j'y consens; de ma demeure,

Chère Agnète, tu peux partir;

Mais, si tu ne veux que je meure,

Ne tarde pas à revenir.

Agnète embrasse avec tendresse

Ses cinq enfants et son mari ;

Dans ses bras mille fois les presse,

Puis s'éloigne le cœur marri.


Mais les enfants versent des larmes,

Voyant leur mère s'en aller ;

Le père, cachant ses alarmes,

A grand' peine à les consoler.


Des ondes gagnant la surface,

Agnète voit le ciel vermeil !

Depuis plus de six ans sa face

N'avait pas senti le soleil.

Elle traversé les campagnes ;

Chaque pas la fait palpiter,

Songeant à ses jeunes compagnes

Qu'il lui tarde de visiter.


— Bonjour, mes sœurs et mes amies,

Bonjour ! Mais d'un mortel effroi

Toutes à son aspect saisies :

— Tu nous fais peur, retire-toi. —


A l'église, entendant la cloche,

Elle cherche un réduit obscur ;

Mais tous les saints, à son approche,

Se retournent contre le mur.

Elle veut unir ses prières

Aux prières des assistants,

Mais sa voix éteint les lumières,

Et dans l'air arrête l'encens !


Effrayée alors, interdite,

Ne sachant plus où se cacher,

Voyant partout qu'elle est maudite

Et combien elle a dû pécher,


Elle se couvre le visage,

Et seule, dans son désespoir,

Elle regagne le rivage

Où meurent les rayons du soir.

11.

O mon Dieu ! punis-moi, dit-elle,

Car j'ai fait ce que tu défends :

J'ai souillé mon âme immortelle,

Mais prends pitié de mes enfants.


Et, comme atteinte de vertiges,

Elle tombe sur le gazon,

Parmi les mauves dont les tiges

Semblent pleurer son abandon.


La mésange sur l'arbre chante :

Dieu pardonne à qui sait souffrir,

Dit-elle de sa voix touchante ;

Pauvre Agnète, tu vas mourir !

A l'heure où, voilant sa lumière,

Le soleil quitte l'horizon,

Agnète ferme sa paupière,

Et de la mort sent le frisson.


Les vagues à sa voix plaintive

S'approchent d'elle en gémissant,

Et bien loin, bien loin de la rive,

L'emportent en la caressant


Trois jours sous les flots de l'abîme,

Trois jours entiers elle resta ;

Le quatrième, sur leur cime

Elle reparut et flotta.

Un enfant menant sa chevrette

Brouter l'herbe et le saule amer,

Un soir, trouva le corps d'Agnète

Qui gisait au bord de la mer.


Sans prières et sans cortége,

Dans le sable on la déposa,

Derrière un roc qui la protége,

Où nul jamais ne reposa.


Chaque jour la roche est mouillée !

Le Trolle, — disent les récits

Des vieux pâtres dans la veillée, —

Y vient pleurer toutes les nuits.

# ÉDOUARD

# ÉDOÜARD.

### Imité de Percy.

— Pourquoi ton glaive est-il ainsi rouge de sang ,

    Et pourquoi reviens-tu si pâle ?


— Oh ! c'est que j'ai tué mon faucon en chassant ,

    Mon faucon du pays de Galle.

— Si rouge ne serait le sang de ton faucon,

Édouard, de ton faucon de chasse.


— Oh ! c'est que j'ai tué mon alezan frison,

Oui, mère, mon coursier de race.


— Ton alezan était trop fidèle et trop fier,

Édouard, ton beau cheval de guerre.


— Oh ! c'est que j'ai tué mon père avec ce fer,

Oui, mère, j'ai tué mon père !

— Et que faire à présent pour expier sa mort,

Édouard, que ton cœur me réponde ?


— Je veux, sans fin ni trêve, en proie à mon remord,

Errer jusques au bout du monde.


— Et que vont devenir tes palais aux cent tours,

Si beaux sur nos montagnes chauves ?


— Que mes palais déserts servent d'aire aux vautours,

Et de repaire aux bêtes fauves.

12

— Et que vont devenir ta femme et ton enfant,

Ton Wilfrid et ton Yolande?


— Ils tendront au hasard la main à tout venant;

Ils mendieront, la terre est grande!...


— Et moi que deviendrai-je, et que me laisses-tu?

Que me laisses-tu donc, achève ?


— Ma malédiction, l'enfer qui vous est dû,

Car vos conseils guidaient mon glaive !

~~~~~~~

# LA MÈRE ET LA MARATRE

# LA MÈRE ET LA MARATRE.

## Légende Danoise.

## I.

Dans une île lointaine,

Voyageant vers le soir,

Au bord d'une fontaine

Dyring alla s'asseoir.

12.

Près de l'eau qui ruisselle

Christel vint reposer ;

Dyring la trouva belle ,

Il voulut l'épouser.


Ensemble , en un village ,

Ils vécurent sept ans ,

Et de leur mariage

Ils eurent sept enfants.


Mais las ! la mort jalouse

Entra dans la maison ,

Et moissonna l'épouse

En sa jeune saison.

## II.

Dans une île lointaine,

Voyageant vers le soir,

Au bord d'une fontaine

Dyring alla s'asseoir.


Près de l'eau qui ruisselle

Brunhil vint reposer;

Dyring la trouva belle,

Il voulut l'épouser.

Elle devint sa femme ;

Mais Brunhil par malheur

Était bien grande dame ,

Avait bien mauvais cœur.


Quand elle entra, hautaine,

Sous le toit de l'époux ,

Les sept enfants en peine

Priaient à deux genoux.


Ils priaient devant l'âtre ,

Pleurant , c'était pitié !

La méchante marâtre

Les repoussa du pied.

Et d'une voix cruelle

Leur refusant du pain :

Plus d'une fois, dit-elle,

Vous aurez soif et faim.


Puis elle leur retire

Les coussins bleus du lit :

— La paille peut suffire,

L'édredon amollit.


Et de leur réduit sombre

Éteignant le flambeau :

— Vous resterez dans l'ombre

Comme dans un tombeau.

Et les enfants en larmes

Priaient bien tard , la nuit ,

Pleins de vagues alarmes ,

Tremblant au moindre bruit.


Ils appelaient leur mère.

Elle se réveilla ,

Et de leurs pleurs , sous terre ,

Tout son corps se mouilla !


Dieu ! quand leur voix m'appelle

Au séjour des vivants ,

Que ne puis-je , dit-elle ,

Aller voir mes enfants !

Ce cri perçant de mère

Dans le ciel s'entendit,

Et le bon Dieu le Père

A ces vœux répondit :

— Pars à la nuit tombante,

Va, mais sois de retour

Avant que le coq chante

Pour le lever du jour. —

Alors la bonne mère,

Ne perdant pas de temps,

Franchit le cimetière,

Chemine à travers champs.

Elle arrive au village,

S'en va le long des murs ;

Elle a bien du courage,

Mais ses pas sont peu sûrs ;


Ses jambes sont peu fortes ;

Elle craint d'avancer :

Les chiens hurlent aux portes

En l'entendant passer.


Au seuil de sa demeure,

Grâce à Dieu, la voilà.

Son aînée, à cette heure,

Triste et seule, était là.

— Que fais-tu là , ma fille ,

Les yeux rouges de pleurs ?

Comment va ma famille ,

Tes frères et tes sœurs ?


— Vous êtes grande et belle ,

Ma mère avait vos traits ;

Mais vous n'êtes pas elle ,

Je vous reconnaîtrais.


Elle était rose et blanche ,

On l'aimait tout d'abord ,

Et vous , votre front penche ,

Pâle comme la mort.

— Et comment, ma colombe,

Aurais-je un teint rosé?

Si longtemps dans la tombe,

Hélas ! j'ai reposé.


Elle entre dans la chambre

Où pleuraient les enfants,

Sur la paille, en décembre,

L'un sur l'autre gisants.


A leurs cris son cœur saigne ;

Elle s'approche d'eux ;

Elle en prend un, le peigne,

Lui tresse les cheveux ;

De l'autre avec tendresse

Elle sèche les pleurs,

Parle à tous, les caresse,

Apaise leurs douleurs.


Et puis, appelant Claire :

— Claire, ma chère enfant,

Va-t-en dire à ton père

De venir à l'instant.


Quand il parut, la mère :

Je t'ai laissé du pain,

Dit-elle avec colère,

Et mes enfants ont faim.

On les bat, on les raille;

Ils ne peuvent dormir,

Et sur des lits de paille

Ils ne font que gémir.


Ah ! lorsque la nuit tombe,

S'il me faut chaque soir,

Dyring, quitter ma tombe

Pour remplir ton devoir,


Et si Brunhil, ta femme,

Pour mes fils sans pitié,

Des soins que je réclame

Ne prend pas la moitié;

Eh bien ! quand viendra l'heure

De me séparer d'eux ,

Dans ma sombre demeure

Vous me suivrez tous deux !


La marâtre frissonne

A ces mots menaçants ,

Et dit : Je serai bonne ,

Christel , pour tes enfants.


Et depuis ce jour-là, quand Dyring et sa femme

Entendaient vers le soir les aboiements du chien,

Au foyer des enfants ils ranimaient la flamme,

Cherchant avec effroi s'il ne leur manquait rien ;

13.

Et quand le chien hurlait plus fort devant la porte,

Ils se sauvaient de peur de voir entrer la morte.

III

# LES OISEAUX DE PASSAGE

---

A M<sup>lle</sup> ÉLISABETH P....

# LES OISEAUX DE PASSAGE.


L'hiver ramène la froidure ;

Voyez s'envoler les oiseaux :

Leur plainte se mêle au murmure

Des vents du nord dans les roseaux.

— Mon Dieu! mon Dieu! vers quel rivage

Nous pousse ton souffle puissant ?

Sur quels bords nouveaux ton message

Nous appelle-t-il en passant ?


Nous quittons pleins d'inquiétude

La terre qui nous a nourris ,

Qui nous donnait la solitude

A l'ombre des tilleuls fleuris.


Près de notre douce compagne ,

Près du grain que le ciel bénit ,

Sur la mousse de la montagne ,

Là , nous avions fait notre nid.

Maintenant, à travers les nues,

Il nous faut ouvrir un chemin,

Et vers des terres inconnues

Aller chercher un lendemain.


Dans le nord, les nuits sont si belles

Sous les rameaux de la forêt !

Nos petits, repliant leurs ailes,

Bien tard s'endormaient à regret.


Oh ! combien d'heures de délices,

Et combien de rêves joyeux

Quand les fleurs ouvraient leurs calices,

Quand le jour riait à nos yeux.

14

L'arbre étendait au loin ses branches

Sur nos essaims tout diaprés,

Et la rosée en perles blanches

Scintillait dans l'herbe des prés.


A présent plus de vert feuillage ;

Les champs revêtent leur linceul,

Partout le vent, le vent d'orage,

Partout l'hiver, l'hiver tout seul !...


Que faire plus longtemps encore ?

La nuit nous cache son flambeau,

Le jour mourant se décolore :

Cette terre n'est qu'un tombeau.

Sous un ciel si froid et si sombre,

A quoi serviraient nos chansons ?

Il nous faut le soleil et l'ombre

Et de plus larges horizons.


Fuyons, fuyons vers d'autres mondes,

Dieu nous fit pour fendre les airs ;

Salut à vous, plaines profondes,

Salut à vous, vagues des mers ! —


En partant, ainsi l'oiseau chante,

Et bientôt, sous un ciel plus pur,

Dans un pays où tout l'enchante,

Il arrive à travers l'azur.

Là , les pampres hardis s'élancent

Jusqu'à la cime des ormeaux ;

Sous les myrtes qui se balancent ,

Là , gazouillent de frais ruisseaux.


La baie et la rouge cerise

Y mûrissent aux feux du jour ,

Et la forêt dit à la brise

Son chant tout parfumé d'amour.


Venez , venez , troupes charmantes ;

Enivrez-vous de ces douceurs ;

Toutes les fleurs sont vos amantes ,

Toutes les roses sont vos sœurs.

Quand ton bonheur se change en peine,

Quand le vent d'automne, ici-bas,

L'effeuille de sa rude haleine,

O mon âme! ne pleure pas.


Au delà des mers orageuses,

L'oiseau retrouve le printemps;

L'âme, des rives plus heureuses,

Par delà l'abîme des temps.

IV

# LA TENTATION

## LA TENTATION (2).

(Frithiof. Sag.)


Le printemps vient ; l'oiseau gazouille sur la branche ;

La forêt reverdit ; les fleurs de l'églantier,

Rougissant au soleil parmi l'épine blanche,

A travers le buisson parfument le sentier.

Tout renaît ; les courants ont dénoué leurs chaînes,

Ils s'en vont à la mer chantant leur hymne en chœur,

La sève court plus libre aux verts rameaux des chênes,

Le sang plus généreux au cœur.


Le vieux roi veut chasser ; Incborn, sa jeune épouse,

Doit suivre aussi la chasse ; une nombreuse cour

L'attend pour l'escorter, brillant sur la pelouse

D'un éclat rehaussé de tous les feux du jour.

Le cor frémit ; le chien hurle et bondit de joie,

Les étalons ardents du pied mordent le sol,

Et, l'œil chaperonné, criant après leur proie,

Les faucons vont prendre leur vol.

Mais voici ! c'est Incborn ! Quelle grâce ingénue !

Malheureux Frithiof, ne la regarde pas !

Comme l'étoile luit sur un flocon de nue,

Sur son beau coursier blanc elle brille là-bas.

Jamais printemps ne vit majesté plus sereine ;

Flottant au gré de l'air jamais plumes d'azur

Et jamais chaperon de pourpre souveraine

   N'ombragèrent un front plus pur.


Oh ! ne regarde pas les ondes de ses boucles,

Ni ce sein où les lis aiment à se cacher,

Trésor mystérieux, et dont deux escarboucles

Ainsi que des dragons défendent d'approcher !

Oh ! qu'à tes yeux le ciel de ses yeux se dérobe !...

Et ces accents de voix qui vous suivent partout,

Murmures aussi frais que les brises de l'aube,

Ne les écoute pas surtout !


La troupe des chasseurs est prête ;

Courage, allez, jeunes rivaux,

A travers monts, à travers vaux,

Volez ainsi que la tempête :

L'alarme gagne la forêt,

Rennes et daims prennent la fuite,

Walkirie est à leur poursuite,

Son épieu sanglant en arrêt.


La chasse emporte tout dans sa course effarée...

Le vieux roi ne peut suivre et s'en va lentement,

Tandis que Frithiof, sombre, l'âme navrée,

Chevauche près de lui silencieusement.

Ses soupirs étouffés ont peine à se contraindre :

Hélas ! tout lui rappelle un bonheur qui l'a fui :

Il ne peut plus rien voir qui ne semble se plaindre

    Et se désoler avec lui.


— O mes vagues ! pourquoi vous ai-je donc quittées ?

Quel aveugle destin m'a séparé de vous ?

L'ennui n'habite point sur les mers agitées,

Le vent qui vient du ciel le chasse loin de nous.

Si le hardi Viking nous convie aux alarmes,

Avec lui nous pouvons gaîment croiser le fer,

Et les sombres soucis tombent devant nos armes

    Tout éblouis de leur éclair.

Mais ici point de trève à mes peines mortelles ;

Je vais traînant partout le trait qui m'a blessé ;

Partout sur moi le mal étend ses noires ailes,

Ne me laissant rien voir que mon bonheur passé.

Et comment oublier le serment que nous fîmes !

L'oublier, chère Incborn ! ô toi, tu ne l'as pu ;

Tu le gardes toujours, et nous sommes victimes

   Des dieux méchants qui l'ont rompu !


Jaloux de nos plaisirs qu'ils voient d'un œil morose,

Contre moi de l'envie ils nourrissent le ver,

Et mon amour naissant, mon frais bouton de rose,

Ils l'ont mis sans pitié sur le sein de l'hiver !

L'hiver ! mais sait-il bien que la rose veut vivre ?

Il ne peut le comprendre, hélas ! et cependant

Il revêt tige et fleurs de frimas et de givre,

Et la fleur souffre en attendant ! —

Frithiof en lui-même exhale ainsi sa plainte,

Et chevauchant toujours à côté du vieillard,

Il arrive avec lui dans une sombre enceinte

Que l'aulne et le bouleau dérobent au regard.

Le roi descend et dit : L'air est pur, l'ombre douce ;

Laisse-moi reposer à l'abri du soleil,

La forêt est ici sacrée, et sur la mousse

Je veux me livrer au sommeil.

— Ici l'on ne dort pas ! La forêt, à cette heure,

N'est pas bonne au repos ; le sol est froid et dur ;

Je vais te reconduire, ô roi, dans ta demeure,

Le sommeil y sera plus facile... et plus sûr.

— Comme les autres biens, le sommeil salutaire,

Quand l'homme en a besoin, vient, quoique inattendu ;

L'hôte refuse-t-il un gîte sur la terre

      A l'étranger qui s'est perdu ? —


Frithiof ôte alors son manteau de voyage,

Puis l'étend sur le sol où se couche le roi

Qui, livrant au guerrier son front courbé par l'âge,

Se confie à sa garde et s'endort sur sa foi.

Là, dans un doux repos le noble ring sommeille,

Comme sur son armure un héros triomphant,

Ou comme dans les bras de sa mère qui veille

      S'endort avec calme un enfant.

Et, pendant son sommeil, voilà que sur la branche

L'oiseau noir vient chanter : — Frappe, frappe le roi ;

Détache de son tronc cette tête qui penche,

Un seul coup te suffit, et la reine est à toi !...

D'ailleurs, n'a-t-elle pas été ta fiancée ?

Et puis, qui peut te voir ? et qu'est-ce qu'un trépas ?

Une tache de sang est bientôt effacée,

       Et la tombe ne parle pas !...


Et Frithiof écoute ! Et là-haut sur la branche

L'oiseau blanc vient chanter : — Si nul ne peut te voir,

L'œil d'Odin te verra ! Cette tête qui penche,

Cette tête de ring n'est pas en ton pouvoir :

Regarde ! il est sans arme ainsi qu'une victime !

Malheureux ! tu veux donc égorger le sommeil ;

Mais, malgré tes efforts pour endormir ton crime,

Le remords aurait son réveil.


Ainsi les deux oiseaux chantent tout bas dans l'ombre;

Frithiof tire alors son glaive menaçant,

Loin de lui le rejette, et dans la forêt sombre

Le glaive du trépas se perd en frémissant.

L'oiseau noir aussitôt vers la rive infernale

S'enfuit, et l'oiseau blanc, l'oiseau de bon conseil,

Laissant comme un son pur de harpe qui s'exhale,

Prit son essor vers le soleil.


Le vieux roi se réveille : — Il est bien doux le rêve,

Et le sommeil dormi sous les aulnes bien doux,

Quand du brave et du fort nous protége le glaive,

Et qu'il brille dans l'ombre en veillant près de nous.

Mais où donc, étranger, est ton glaive de guerre ?

Dis, parle, où donc est-il le frère de l'éclair ?

Qui vous a séparés ? On ne sépare guère

    Le jeune guerrier et le fer.


Qu'importe ? et que te fait le tranchant d'une lame ?

Des glaives ! il en est bien assez dans le Nord !...

Leur langue est affilée et conseille mal l'âme ;

Elle n'a que des mots de vengeance et de mort.

Oui, dans l'acier brillant le noir enfer habite,

Toute la bande, ô roi, des esprits ténébreux,

L'aspect des cheveux blancs sans cesse les irrite,

    Le sommeil s'expose auprès d'eux.

— Je n'ai point sommeillé !

Sur la foi d'un autre homme,

Sans épreuve jamais un homme ne s'endort ;

J'ai voulu te tenter seulement ; on te nomme

Frithiof. Je t'ai bien reconnu dès l'abord

Quand tu montais hier dans la salle royale ;

Oui, le vieux ring savait ce que tu viens chercher,

Ce que depuis longtemps ton âme peu loyale

S'efforce en vain de lui cacher.

Pourquoi dans mon foyer te glisser de la sorte ?

Tu voulais arracher la femme de mes bras !

Le nom ne doit jamais se laisser à la porte ;

L'honneur ne s'assied point anonyme au repas :

Pur et noble, partout la franchise est sa règle,

Plus haut que tout orgueil brille son étendard,

Il ressemble au soleil qui ne craint pas que l'aigle

Ose l'attaquer du regard.

. . . . . . . . . . . . . . . . .

. . . . . . . . . . . . . . . .

. . . . . . . . . . . . . . .

. . . . . . . . . . . . . . . .

Pourquoi baisser les yeux? de l'amour des batailles

Jadis, ainsi que toi, j'ai nourri le tourment ;

Dans ce pays du fer on joue aux funérailles,

La vie est un combat dès le commencement.

Il faut aux boucliers le choc ardent des lames,

Jusqu'à ce que nos jours de triomphes soient pleins :

Je viens de t'éprouver, pacifions nos âmes,

Je te pardonne et je te plains.


Tu le vois, je suis vieux, je penche vers la tombe ;

Prends mon royaume alors et prends l'épouse aussi ;

Demeure en mon palais ; avant que je succombe,

Sois mon fils, le vieux ring se met à ta merci ;

Protége-le, protége un compagnon sans armes ;

Pour de meilleurs destins oublions le passé ;

Si tu veux, à présent, ainsi que nos alarmes

Nos discordes auront cessé. —

Moi ! répond Frithiof d'un air sombre et farouche,

Pour te ravir Incborn je ne suis point venu ;

Si j'avais eu dessein de profaner ta couche,

Parle, quel bras puissant, que dieu m'eût retenu ?

Je voulais une fois revoir ma fiancée,

Une fois seulement, la dernière... Malheur !

Ma flamme mal éteinte, hélas ! s'est attisée,

    Je brûle, mais c'est de douleur !


J'ai déjà tardé trop, ô vieillard, je te quitte ;

La colère des dieux irréconciliés

Repose lourdement sur ma tête maudite,

Tous mes crimes encor ne sont pas oubliés.

Balder, aux longs cheveux, le dieu bon de la terre,

Balder me voit toujours avec des yeux hagards,

Et moi, proscrit partout, je subis, solitaire,

       Le long tourment de ses regards.


.  .  .  .  .  .  .  .  .  .  .  .  .  .  .  .

.  .  .  .  .  .  .  .  .  .  .  .  .  .  .

.  .  .  .  .  .  .  .  .  .  .  .  .  .  .

.  .  .  .  .  .  .  .  .  .  .  .  .  .  .


Le ciel a beau briller de merveilles sans nombre ;

La terre a beau renaître au souffle du printemps,

Sous mon pied le sol brûle, et l'arbre n'a point d'ombre,

J'étouffe dans l'espace ainsi que dans le temps.

Celle qui remplissait ma jeunesse ravie,

Ma fiancée, Incborn, tu la possèdes, toi !...

A jamais s'est couché mon beau soleil de vie,

    Tout est nuit à présent pour moi ....


A moi donc, Océan ; à moi, vague marine !

Eh ! sus, mon bon Dragon ; en mer, au large , en mer ;

Allons, rebaigne-toi ; que ta noire poitrine

Déchire en bruïssant le sein du gouffre amer ;

Mêle au nuage ailé les ailes de tes voiles ,

A travers les écueils berce-moi sur ton dos ,

Vole, vole aussi loin que guident les étoiles ,

    Aussi loin que portent les flots.


Que j'entende les vents et les coups de tonnerre ;

Qu'ils fassent devant moi dresser la mer d'horreur :

Quand l'Océan me parle et me livre la guerre,

Alors il se fait paix et silence en mon cœur.

Combats, terreurs de mort, noir abîme, tempête,

A vous donc je reviens en relevant mon front,

Pour entrer tout armé dans l'éternelle fête,

Semblable aux dieux qui m'absoudront.

# LE CHEVALIER AU BARIZEL.

16.

# LE CHEVALIER AU BARIZEL.

Dans un vieux château de Bretagne,

Flanqué de tours, sur la montagne,

Vivait jadis un homme fort,

Dont chacun redoutait l'abord.

Il ne craignait baron ni comte ;

D'un duc, d'un roi ne faisait compte ;

Il se croyait de si haut lieu,

Qu'il ne craignait pas même Dieu !


Hormis les corbeaux et l'orfraie,

De ses tours, dont l'aspect effraie,

N'approchait nul être vivant :

Rien n'osait passer que le vent.


Devant lui, comme la poussière,

Tout fuyait de peur, et, derrière,

L'incendie en noirs tourbillons

Flottait longtemps sur les sillons.

Toujours au guet, sans frein ni règle,

Dès qu'il voyait, de son œil d'aigle,

Quelqu'un au loin, noble ou manant,

Il courait sus incontinent.


Il n'épargnait ni clerc, ni moine,

Reclus, pèlerin, ni chanoine ;

Il battait, pillait les marchands,

Qu'il laissait tout nus dans les champs.


Malheur surtout aux jouvencelles,

Dames, nonains, laides ou belles,

Dieu sait, hélas ! le diable aussi

S'il leur faisait grâce et merci.

Quant à vêpres, quant à la messe,

Quant au sermon, quant à confesse,

Ce vieux mécréant obstiné,

Il en riait comme un damné.


Douze ans il vécut de la sorte,

A tout prêtre fermant la porte,

Mangeant de la chair en tout temps,

Qu'il fût Vigile ou Quatre-Temps !


Un jour, au plus fort du Carême,

C'était le Vendredi-Saint même,

Il se leva de bon matin

Pour ordonner un grand festin.

— Allons, debout ! voici l'aurore,

Maîtres queux, qui dormez encore,

Ou qui rêvez quelque oraison,

Je veux un plat de venaison.


Les maîtres queux, craignant le sire,

Restent marris et sans rien dire,

Regrettant, on le pense bien,

Qu'un baron fût si peu chrétien.


Mais les chevaliers de sa suite,

Scandalisés de sa conduite,

Se sentirent assez de cœur

Pour désapprouver leur seigneur.

— Songez, dirent-ils, quelle offense

Vous allez faire à la souffrance

De Jésus-Christ, le roi des rois,

Mort pour nous tous sur une croix ;


Oui, pour nous tous tant que nous sommes,

Bourgeois, manants et gentilshommes ;

Ah ! sire, ne l'offensez pas,

Ou tremblez au jour du trépas.


Dans la forêt voisine habite

Un saint homme que Dieu visite ;

Venez avec nous aujourd'hui,

Sire, vous confesser à lui,

On ne doit pas toujours mal faire ;

Le salut est la grande affaire ;

Il est bon de rentrer en soi,

Et surtout de prouver sa foi. —


Le baron accueillit leur dire

Avec de longs éclats de rire.

Mais les chevaliers firent tant,

Qu'à la fin il céda pourtant ;


Jurant et répétant sans cesse

Que s'il les suivait à confesse,

Ce n'était, certe, à d'autres fins

Que de leur plaire, et non aux saints.

De ces propos n'ayant pas honte,

Le baron sur son cheval monte ;

D'un air piteux et pénitent,

Les chevaliers en font autant ;


Ils s'en vont disant leur prière,

Tandis que lui trotte derrière,

Joyeux, et battant les buissons,

Et jetant au vent ses chansons.


Arrivés au seuil de l'église :

— Sire, souffrez notre franchise ;

Nous vous en prions à genoux,

Entrez au moutier avec nous.

— Entrez sans moi , mes bons apôtres ;

D'orémus et de patenôtres ,

Répondit le baron , merci ;

Je ne veux point bouger d'ici.


Son bon ange voila sa face ;

L'Espérance , que rien ne lasse ,

Voyant ce cœur dénaturé ,

Elle-même eût désespéré !


Hélas ! tandis qu'aux pieds du prêtre

Ses compagnons pleuraient peut-être ,

Si vous saviez à quel regret

Cet esprit pervers se livrait !

Sur l'humble toit de la chapelle

Un rouge-gorge, ouvrant son aile,

A côté d'un iris en fleur,

Semblait célébrer le Seigneur;


Des violiers remplis d'abeilles

Et de mouches toutes vermeilles,

Le long du vieux mur ranimé,

Bourdonnaient leur chant parfumé.


Les pommiers à toutes leurs branches

Avaient mis des guirlandes blanches;

Le bois, la brise, les oiseaux,

Tout chantait au bord des ruisseaux;

La terre semblait rajeunie,

Et, comme une épouse bénie,

Recevait à son doux réveil

Les baisers féconds du soleil.


Tout paraissait avoir une âme ;

Pénétré d'une douce flamme,

Tout vivait, tout semblait aimer,

Naître au bonheur et l'exprimer.


Mais ni la brise caressante,

Ni l'oiseau du bon Dieu qui chante,

Ni l'abeille faisant son miel,

Ni l'iris bleu couleur du ciel ;

17.

Non, rien dans toute la nature,

Ni ses concerts, ni sa parure,

Rien ne touchait le cœur de fer

De ce noir suppôt de l'enfer.

Devant l'universelle fête,

Ah ! le malheureux ! il regrette,

Il regrette au plus fort d'un choc

Ses grands coups de taille et d'estoc.

Il songe qu'à cette même heure,

Peut-être, près de sa demeure,

Voyageurs et riches marchands

Arpentent la côte et les champs ;

Qu'ils gagnent un lieu sûr, sans doute,

Et que se hâtant dans leur route,

Ils lui dérobent, les voleurs !

Leur or, leurs femmes et leurs pleurs !...


C'était une pensée affreuse,

Et d'une âme bien ténébreuse,

Où le ciel n'avait jamais lui,

N'est-ce pas ? priez Dieu pour lui.


Après maintes œuvres dévotes,

Les pénitents que de leurs fautes

Le prêtre vient de délier,

Retournent vers le chevalier.

Ils sont suivis du saint ermite

Qui, l'œil baissé, l'âme contrite,

Et la main droite sur le cœur,

Salue humblement son seigneur.



O vous, qu'en tremblant chacun nomme,

Sire, dit-il, d'un Dieu fait homme,

De Jésus, notre rédempteur,

Je suis le pauvre serviteur.



C'est aujour..'hui, c'est pour nos âmes,

C'est pour les racheter des flammes

Et des tortures de l'enfer,

Que ce Dieu bon a tant souffert ;

C'est aujourd'hui qu'en tous lieux, sire,

Chacun célèbre son martyre,

Et, par son sang purifié,

Rend gloire au Dieu crucifié.


Devant ce sacrifice immense,

Oh ! dites, votre conscience

Ne vous reproche-t-elle point

D'avoir failli sur quelque point ?


Aux pieds de ce suprême juge

Voulez-vous chercher un refuge ?

A nos maux il sait compatir,

Et cède au cri du repentir.

La réponse à ce doux langage

Fut un regard, mais si sauvage,

Que si l'ermite eût fait un pas,

Il passait de vie à trépas.


Pourtant, malgré toutes ses transes,

Le prêtre redoubla d'instances,

Car il eût été résolu

A mourir s'il l'avait fallu.


Aussi, n'écoutant que son zèle :

— Sire, du moins dans ma chapelle

Venez prendre quelque repos. —

Importuné de ces propos,

Dont l'insistance enfin l'irrite,

Le chevalier cède à l'ermite,

Et pénètre dans le saint lieu

Sans se découvrir devant Dieu !


Mais de l'enceinte vénérée,

A peine a-t-il franchi l'entrée,

Que le moine au même moment

Ferme la porte rudement ;


Et puis, d'une voix de tonnerre :

— Je vous fais prisonnier de guerre,

Et vous ne sortirez d'ici

Qu'après avoir reçu merci.

Oui, sire, merci pour vous-même !

Implorez le Maître suprême ;

Vos crimes seront effacés,

Seigneur, si vous les confessez.


Le baron, sans daigner répondre,

Sur le moine était prêt à fondre ;

Un sombre et dédaigneux regard

S'échappait de son œil hagard.


Voyant la majesté du prêtre

Raillée et maudite peut-être,

L'ermite alors de tout son cœur

Laisse déborder la douceur.

Dans les élans de sa tendresse,

Longtemps sur sa poitrine il presse

Le pécheur qui veut fuir, lassé ;

Longtemps il le tient enlacé ,


Et d'un accent ému de père,

Qui tremble et qui pourtant espère :

— Non, non, je m'attache à tes pas ,

Mon fils, tu ne sortiras pas.


Le farouche baron s'étonne ;

Jamais il n'avait vu personne,

Jusqu'ici, dont la volonté

Sur la sienne l'eût emporté.

18

Pour la seconde fois il cède :

— Que le diable me soit en aide,

Sire ermite, et vous allez voir

Comme un baron fait son devoir.


Vous voulez que je me confesse ;

Eh bien ! admirez ma sagesse !

Sur ce , prenant un air contrit ,

De sa vie il fait le récit.


Dans cette histoire épouvantable

Chaque pensée était coupable ,

Chaque action un crime affreux ;

Les jours se ressemblaient entre eux.

Comme les fils d'horribles pères,

Leur laideur les rendait tous frères ;

Ils apportaient tous en naissant

Une tache rouge de sang.


Et tandis que, comme des ombres,

Ils défilaient, sanglants et sombres,

L'ermite, saisi de stupeur,

Tremblait et se signait de peur.


La confession achevée :

— Pour que votre âme fût sauvée,

Dit le prêtre au sire, il faudrait

Un immense et profond regret ;

Il faudrait avec des prières

Des peines extraordinaires,

Des peines dont les saints effets

Fussent grands comme vos forfaits !


L'ermite parmi les plus fortes

En proposa de plusieurs sortes ;

Mais chaque fois le vieux pécheur

Se récusait d'un air moqueur.


Le saint homme voyant sa peine

Devenir de plus en plus vaine,

Essaya d'un moyen nouveau :

— Voyez-vous ce petit tonneau,

Qui gît là-bas couvert de poudre ?

Je vous promets de vous absoudre,

Si vous voulez, ajouta-t-il,

Aller remplir d'eau ce baril.


Le baron, se prenant à rire :

— De vos peines si c'est la pire,

A l'instant je la subirai,

Je le jure et n'y faillirai.


Et sans tarder dans la fontaine,

Qui du moutier était prochaine,

Il va plonger le tonnelet ;

Mais il demeure stupéfait !

18.

La source est profonde et limpide,

Et le barizel reste vide !

Pas une seule goutte d'eau

N'entre dans le petit tonneau !


— A dessein ou bien d'aventure

Aurait-on bouché l'ouverture ?

C'est ce que cherche le baron ;

Et soudain , prenant un bâton ,


Il l'introduit dans l'orifice.

Mais rien ; pas le moindre artifice !...

Devant un fait si singulier ,

La surprise du chevalier

Faisant place à l'impatience,

Il replonge avec violence

Le barizel au fond de l'eau ;

Le plonge encore de nouveau ;

Le tourne, retourne, s'assure

Si rien ne bouche l'ouverture ;

Frappe dessus, serre le poing,

Le tout en vain, l'eau n'entre point.

Tout bouillant alors de colère,

Il court vers le saint solitaire ;

Mais de plus en plus s'enflammant,

Il dit qu'il tiendra son serment ;

Et, dût-il mourir à la tâche,

Qu'il la poursuivra sans relâche ;

Il en fait le vœu solennel !

Soudain prenant le barizel,


Il le suspend à sa poitrine,

Et, dans l'ardeur qui le domine,

Renvoyant gens et dextriers,

Il part seul sans pain ni deniers.


Sa colère était formidable ;

Dans sa fureur infatigable

Il allait, il allait toujours ;

Il marcha trois nuits et trois jours

Sans vouloir prendre nourriture,

Ni repos, même sur la dure :

Jamais on n'avait vu vivant

D'un tel pas traverser le vent.



L'oreille au guet, durant ses courses,

Il épiait le bruit des sources,

Des bouts lointains de l'horizon,

Et venait à leur doux frisson ;



Mais, à chaque épreuve nouvelle,

Toujours, partout, l'onde rebelle

Fuyait le barizel maudit,

Et lui restait tout interdit.

Un temps vint où sources et fleuves

Manquèrent même à ses épreuves ;

Sous ses pas, ainsi qu'un rocher,

Le sol sembait se dessécher.


Un soir il crut, ô doux présage !

Terminer son triste voyage.

Derrière les tremblants rideaux

De peupliers amis des eaux,


Il avait vu silencieuse

Monter la lune, et, radieuse,

Sur une source au flot changeant

Épancher ses rayons d'argent.

Ce spectacle adoucit la rage

Du baron. Il reprit courage ;

La terre semblait le bénir,

Ses maux peut-être allaient finir.


Il n'entendit pas les huées

Qu'au travers de quelques nuées

Un hibou, prophète certain,

Poussait vers lui dans le lointain.


Il va donc où l'espoir l'entraîne,

Et dans l'étang de la fontaine

Il plonge le petit tonneau

Qui, cette fois, reste sous l'eau !

Il est plein ! ô joie, ô délire !

Il résiste au bras qui l'attire,

Il est plein ! et par un effort

Le baron le ramène au bord.


Il y porte un regard avide ;

Hélas ! le barizel est vide !

Rien n'est entré : de longs roseaux

L'avaient retenu sous les eaux.


Le baron, courbé vers le sable,

D'un ricanement effroyable

Troubla l'écho silencieux ;

Un nuage voila les cieux.

Le hibou, du sein des ténèbres,

Exhala des cris plus funèbres ;

Le blasphémateur l'entendit,

Et s'en fut de ce lieu maudit.


C'est ainsi que de rive en rive,

Au moindre bruit d'une eau plaintive,

Le chevalier venant toujours,

Consumait ses nuits et ses jours.


Dans ses courses désespérées,

Il traversa plusieurs contrées,

Courant du sud à l'aquilon,

Franchissant montagne et vallon..

19

Il alla de France en Espagne,

Puis d'Italie en Allemagne,

Assailli de maux, et partout

Inspirant horreur et dégout.


Lorsqu'il passait près des chaumières

Les enfants lui jetaient des pierres,

Les vieilles femmes le raillaient,

Et les chiens après lui hurlaient.


En haillons, vivant de rapines,

Ensanglanté par les épines,

Les pieds meurtris par les cailloux,

Il eût épouvanté les loups.

Après douze mois de souffrance,

Enfin il regagna la France,

Et revit son ancien séjour,

Plus endurci qu'au premier jour.


Il arriva défait et blême ;

C'était le Vendredi-Saint même !

Et suivant un petit sentier,

Il s'en vint frapper au moutier.


Le moine courut l'introduire ;

Il ne reconnut point le sire ;

Et cependant il lui semblait

Reconnaître son tonnelet.

D'où le tiens-tu ? lui dit l'ermite ;

Fait-il l'objet de ta visite ?

C'est un barizel singulier,

Murmura-t-il ; un chevalier,


Un baron de mine hautaine,

Pour le remplir à la fontaine,

L'emporta d'ici l'an passé.

Depuis lors est-il trépassé ?


— Il vit ; il est devant toi, traître,

Dit le baron, qui n'est plus maître

De son courroux, et qui soudain

Sur l'ermite lève la main ;

Il est devant toi ! je t'apporte

Le tonnelet qu'à cette porte

Je fis le vœu d'aller remplir ,

En jurant de n'y pas faillir.


Et tu savais, moine insensible ,

Que j'allais tenter l'impossible,

Et que je mourrais de tourment

Avant d'accomplir mon serment.


—Dieu vengeur ! s'écria le prêtre ;

Ta main ici se fait connaître ;

En vain le vice triomphant

Brave ce que ta loi défend ;

Il se rit de ta patience;

Il demande avec insolence,

En te voyant silencieux,

Si tu t'endors au fond des cieux;


Mais tandis qu'il demeure en proie

A cette lamentable joie,

Ton œil, lassé du mal qu'il fait,

Mesure la peine au forfait.


Du sein de ta paix éternelle,

A sa démence criminelle

Tu l'abandonnes un moment,

Et c'est son plus grand châtiment.....

— Il en est un plus grand encore,

C'est le tien, moine que j'abhorre,

C'est celui qui t'est destiné :

L'heure de ta mort a sonné.


— Eh bien! frappe, voilà ma tête ;

Heureux si mon sang te rachète,

Et si je puis, mourant martyr,

Te sauver par ton repentir.


Devant ce dévoûment sublime,

L'homme du blasphème et du crime

S'émut ; il fit jour dans son cœur,

Mais de ce qu'il vit il eut peur.

Sa dégradation profonde,

Comme un gouffre infect que l'œil sonde,

D'horreur pour lui le fit frémir ;

Il désira pouvoir gémir !


Le ciel entendit sa prière ;

Une larme de sa paupière

Tomba ; le tonneau tressaillit,

Et cette larme le remplit ! ! !


Le saint ermite, à cette vue,

Saisi d'une joie imprévue,

Courut, bénissant le Seigneur,

Baiser les pieds nus du pécheur.

Transporté de reconnaissance,

Le baron avec véhémence ·

— O mon père ! que faites-vous ?

C'est moi qui tombe à vos genoux.


Des liens d'une vie infâme

Vous avez délivré mon âme ;

Je tiens tout de votre ferveur ;

Merci ! vous êtes mon sauveur !


L'an dernier, suivi de mes hôtes,

Je vous ai raconté mes fautes

En riant d'un rire infernal :

Je n'aimais alors que le mal.

Saisi d'une terreur profonde,

Maintenant de ma vie immonde

Je veux pleurer l'égarement,

Et me confesser humblement;

Afin qu'oubliant sa colère,

Le Dieu du ciel en qui j'espère,

Du paradis, à mon trépas,

Un jour ne me repousse pas. —

Il se confessa donc. L'ermite

Le fit communier ensuite,

Et le recommandant à Dieu,

Lui donna le baiser d'adieu.

Sentant venir l'heure suprême,

Le chevalier, oint du saint-chrême,

Mit sous son chef le barizel,

Et se coucha devant l'autel.


Puis, les deux mains sur sa poitrine,

Rempli de la grâce divine,

Qui doucement vint l'assoupir,

Il rendit son dernier soupir.

# LE MOINE GONTRAND.

# LE MOINE GONTRAND.

**Légende.**

Au temps ancien , dans un cloître du Nord,

Un moine était , d'une sainteté grande,

Très-savant homme , esprit ardent et fort,

Cherchant , cherchant toujours , dit la légende.

Sur terre, au ciel, point d'arcane profond

Qu'il n'essayât d'en soulever les voiles;

Nature, histoire, il savait tout à fond,

Et connaissait la marche des étoiles.


Bien plus encor, dans ses pensers hardis,

Au risque, hélas! de s'égarer peut-être,

Il eût voulu savoir du Paradis

Ce qu'ici-bas l'homme ne peut connaître.


Mais il avait une ancre dans sa foi,

Qui le gardait des écueils de la route,

Et le mensonge, et l'orgueilleux pourquoi,

Autour de lui semaient en vain le doute.

Or, un matin, entrant en oraison,

Il s'en alla vers la forêt voisine ;

Mai ramenait la joyeuse saison,

Et les oiseaux chantaient dans l'aubépine.


Et lui toujours s'acheminait priant,

Et lorsqu'il eut achevé sa prière :

Mon Dieu, dit-il, regardant l'Orient,

Qu'elle est aimable et douce ta lumière !


Le printemps vient ; puis viendra la moisson,

Et puis le temps joyeux de la vendange ;

La terre ainsi change à chaque saison,

L'Éternité seule jamais né change !

20.

Comment, mon Dieu, dans la sainte Cité,

Peuvent-ils donc, ceux que ta grâce appelle,

Supporter tous cette uniformité,

Sans défaillir sous l'extase éternelle ?


Ces questions, que déjà bien des fois

Dans son esprit il avait hasardées,

Tout doucement mènent au fond du bois

Le saint rêveur perdu dans ses idées.


— Que de ma chair je romprais la prison,

Se disait-il, pour que cette pensée

Du paradis fût claire à ma raison,

Et donnât trêve à mon âme lassée !

Mon Dieu ! ta face est désirable à voir;

Mais ton Eden, uniforme, immuable,...

C'est un bonheur dont mon cœur craint l'espoir,

Et cette idée est un poids qui m'accable !


Quel être ainsi pourrait fixer ses yeux

Sur un des points de cette vie active,

Si nos besoins n'en variaient les jeux,

Et si toujours, par leur alternative,


Veille et sommeil, erreur et vérité,

Ordre et désordre, ignorance et génie,

Portant remède à la satiété,

Ne triomphaient de la monotonie?

Et dans le bois, priant et méditant,

Le moine allait, allait ;... mais à mesure

Qu'il avançait, le bois, à chaque instant,

Changeait d'aspect, de forme et de verdure.


Au lieu de pins, de chênes et d'ormeaux

Voici le cèdre immense qui s'étale ;

Plus loin le myrte agite ses rameaux,

Et le palmier sa palme orientale.


Ce ne sont plus partout que fleurs de miel,

Bois odorants, gazons, roses vermeilles ;

On croirait être en un jardin du ciel,

Tant la forêt se remplit de merveilles !

Le moine alors s'arrête, et d'admirer,

Se demandant si ce n'est pas un songe,

Quand tout à coup il se sent attirer

Par un chant pur qu'un doux écho prolonge.


Ce chant, qui tient ses esprits interdits,

Vient d'un oiseau perché sur une palme,

De cet oiseau, qu'au sein du Paradis

Les bienheureux écoutent dans leur calme.


Le moine épris de cette douce voix,

Veut voir de près le chantre au beau plumage,

Dont les accents plaintifs semblent parfois

Un hymne en pleurs d'exil et d'esclavage.

Mais ce ne sont bientôt que chants joyeux
De délivrance et de gloire future,
Chants inouïs, divins échos de ceux
Que Dieu promet à l'âme qui s'épure.


Le prêtre ému, dans le ravissement,
Verse des pleurs de joie et de tristesse,
Tout son cœur s'ouvre à cet enivrement
Qui tour à tour le transporte et l'oppresse.


Bientôt les pleurs qui coulent de ses yeux
Ne gardent rien des larmes de la terre;
L'air qu'il respire est plus délicieux,
C'est l'air du ciel qui l'inonde et l'éclaire.

L'oiseau devient plus radieux encor,

L'hymne incessant coule à flots sans mélanges :

Il dit les cieux et l'auréole d'or

Qui ceint le front des élus et des anges.


L'homme de Dieu longtemps reste abîmé

Dans des torrents d'ineffables délices ;

Il s'en abreuve, et son cœur enflammé

Veut boire encore aux célestes calices.


A son extase à regret s'arrachant :

Voici bien plus d'une heure, dit le prêtre,

Que cet oiseau me charme par son chant ;

A ce plaisir j'ai trop cédé peut-être.

Allons, il faut reprendre mon chemin,

Le cloître est loin, il est temps de m'y rendre;

Près de l'oiseau je reviendrai demain,

J'aurai demain tout loisir de l'entendre.


Il se remet en marche, et dans son cœur,

Qu'avec la foi l'espérance illumine,

De ses bontés rendant grâce au Seigneur,

Vers le saint cloître en paix il s'achemine.


En un instant tout change : la forêt

Prend un aspect plus sévère et plus sombre;

Le palmier fuit, le cèdre disparaît,

Et le sapin revient avec son ombre.

Le bois ainsi de nouveau transformé,

Le moine arrive au bout, il voit l'espace;

L'eau suit toujours son cours accoutumé,

Et la colline est à la même place.


Le cloître seul est changé de tout point.

— Comment cela, mon Dieu, s'est-il pu faire?

Voici des tours où l'on n'en voyait point;

Toits, et pignons, et portes, tout diffère. —


Le moine à peine en peut croire ses yeux;

Il entre au cloître, et partout ne rencontre

Que gens surpris, à l'air mystérieux,

Parlant tout bas aussitôt qu'il se montre.

21

Où suis-je donc ? Est-ce un rêve, une erreur ?

C'est ce qu'en vain se demande le prêtre,

Dont chaque objet augmente la terreur,

Et qui croit voir des spectres apparaître.


Vers sa cellule il veut porter ses pas,

Y recueillir sa pauvre âme égarée ;

Mais sa cellule, il ne la trouve pas,

Un mur de pierre en occupe l'entrée !


A cet aspect, effrayé plus encor,

Ne sachant plus que penser ni que faire,

Il court, il va le long du corridor,

Interrogeant tour à tour chaque frère.

— Que s'est-il donc passé dans vos esprits ,

Et qu'ai-je enfin de tellement étrange ,

Pour qu'à ma vue on reste si surpris ?

Où donc est-il le supérieur frère Ange ?


— Le supérieur frère Ange, dites-vous ?

Mais ce n'est pas frère Ange qu'il se nomme ;

Celui qui vit dans ce cloître avec nous

S'appelle Jean-Babylas-Chrysostôme.


Ce sont ses noms. Mais toi , qui donc es-tu ,

Pour pénétrer ainsi dans notre cloître ?

Toi , des habits de l'Ordre revêtu ! —

Et lui, voyant leur surprise s'accroître :

— Moi, qui je suis ! nul ne me connaîtrait !...

Mais ce matin, en faisant ma prière,

Je suis allé du cloître à la forêt ;

Voyez ! je suis Paul Gontrand, votre frère !


—Toi, Paul Gontrand ! dit un moine bien vieux ;

J'ai là, je crois, une ancienne chronique

Sur Paul Gontrand, qui vécut en ces lieux ;

Mais cette histoire est déjà fort antique :


Plus de cent ans se sont passés depuis !

Ce Paul Gontrand, si j'ai bonne mémoire,

Reçut le jour en un lointain pays,

Et sa vertu partout était notoire.

On le voyait prier, prier souvent ;

Mais son esprit cherchait à tout connaître ;

Un beau matin il s'en alla rêvant,

Et nul depuis ne l'a vu reparaître !


Serais-tu lui ? vois, les temps sont changés ;

Mais de ces lieux n'a pas fui la concorde,

Et Dieu, par qui nous serons tous jugés,

Reste le même en sa miséricorde. —


Paul, à ces mots, levant les mains au ciel,

Et d'un cœur plein épanchant la prière :

— Source de vie, être immatériel,

Quoi ! dans mes jours de doute et de misère,

J'ai pu trembler à l'idée, ô mon Dieu !

De contempler ta splendeur toujours belle,

Et t'abaissant aux choses de ce lieu,

De m'enivrer de ta joie éternelle ;


Eh bien ! voilà que je viens d'écouter,

Pendant cent ans, dans une ardente extase,

Un des oiseaux qu'au ciel tu fais chanter,

Et dont la voix de ton amour embrase ;


A ses accents je restais suspendu,

Et j'y puisais une force nouvelle ;

Ils rappelaient un bien, hélas ! perdu,

Et l'avenir d'une vie immortelle.

Ce temps si long, oui, mon Dieu, ces cent ans,

Se sont passés ainsi que quelques heures;

Et que sera-ce alors que tous les chants

Diront ta gloire aux célestes demeures!


Éternité! bonheur rempli d'appas;

Profond mystère, et pourtant si facile,

Quand dans nos sens l'âme ne s'endort pas,

Et qu'elle observe, ô mon Dieu, ta vigile;


Non, mon esprit ne doit plus dès ce jour,

Se consumant dans les ardeurs du doute,

Craindre l'espoir de l'éternel séjour,

Car une voix a chanté sur ma route;

Ce qu'elle a dit, je l'ai bien entendu,

Mon cœur le sait, je cours l'ouïr encore

Près de l'oiseau qui chante un bien perdu,

Et le lever d'une éternelle aurore. —


Paul a parlé : tout son corps palpitant

Soudain se glace; il pâlit, il chancelle;

En vain son œil s'anime et, par instant,

Semble jeter encor quelque étincelle;


Il tombe en poudre ! et ce mot solennel :

Éternité! dans le cloître s'enfonce;

L'écho des morts y mêle sa réponse,

Et tous les temps confessent l'Éternel !

V

# L'EXILÉ.

---

A M<sup>lle</sup> SOPHRONIE DE B...

## L'EXILÉ.

Celui qui s'arma du tonnerre,

Encore aiglon,

Du Sud en feu portant la guerre

A l'Aquilon ;

Qui sous son vol, prodige antique,

Fit tout courber,

Et puis au fond de l'Atlantique

Alla tomber ;


Seul, un soir, sondant les abîmes

De son néant,

Mêla sa plainte aux voix sublimes

De l'Océan.


Et comme il regardait la plage,

Un chant d'oiseaux

S'éleva, jetant son ramage

Aux grandes eaux :

C'était un essaim d'hirondelles

Qui, de ce lieu,

Accomplissait à tire d'ailes

L'ordre de Dieu.


Et l'homme de la destinée,

D'un long regard

Suivait la troupe fortunée,

A son départ.


Qui t'a jeté sur ce rivage,

Oiseau du ciel ?

M'apportais-tu quelque message

De l'Éternel ?

Oh ! que ne puis-je où Dieu te guide,

Loin de ce sol ,

Comme toi d'une aile rapide

Prendre mon vol?


Si tu savais quelle amertume,

Heureux oiseau ,

Vivant, me ronge et me consume

Dans mon tombeau.


A la chute la plus profonde

J'ai survécu :

Je suis le prisonnier du monde

Que j'ai vaincu !

Tu t'en vas où le vent te mène,

Sans en souffrir ;

L'exil des rois est une peine

Qui fait mourir.


Ah ! du moins si mon fils de France

M'était rendu ;

Mais, hélas ! jusqu'à l'espérance

J'ai tout perdu !


Dis-le, va le dire à la terre,

Hôte des airs ;

Fais savoir comment l'Angleterre

Rive mes fers.

22.

Dis au ciel tout ce que je souffre,

Privé d'espoir ;

N'as-tu pas entendu le gouffre

S'en émouvoir ?


Mais non ; pourquoi charger tes ailes

De mes tourments ,

Toi qui ne portes des nouvelles

Que du printemps ?


Eh bien ! annonce à ma patrie

Le gai retour

Du doux soleil dans la prairie

Et de l'amour.

Tu retrouveras la tourelle

Et le palais,

Le vieux palais, noble hirondelle,

Où tu te plais.


Car il a beau changer de maître,

Changer de loi,

Toujours du moins une fenêtre

S'ouvre pour toi.


D'une île aussi quittant la plage,

J'ai cru longtemps,

Comme toi, porter le message

D'un meilleur temps.

Ma voix dispersa la colère

Des passions,

Je rouvris une nouvelle ère

Aux nations ;


Je ressuscitai de sa cendre

L'autel gisant ;

Ma parole y fit redescendre

Le Tout-Puissant.


Plus d'horreurs, plus de cris funèbres,

Plus de cachots ;

Le jour succédait aux ténèbres,

L'ordre au chaos.

La France rentrait dans l'histoire

Et dans l'honneur,

Je la conduisais par la gloire

A son bonheur ;


Car c'est peu d'effacer la trace

De ses affronts,

Si son front brillant ne dépasse

Les plus hauts fronts.


La gloire est l'air qu'elle respire ;

La lui ravir,

C'est prendre son plus noble empire

Pour l'asservir.

Il faut qu'elle soit belle et grande

Tout à la fois,

Et qu'aux peuples elle commande

Ainsi qu'aux rois.


Il faut qu'elle éclaire et féconde

Tout grand réveil ;

Dieu donne à la France le monde

Comme au soleil !


Et maintenant quelle est sa marche ?

Par quel chemin

L'Éternel conduit-il cette arche

Du genre humain ?

Quand le déluge des idées

S'accomplissant,

Partout, à vagues débordées,

Ira croissant,


Verra-t-on la colombe blanche,

Le bec ouvert,

Lui rapporter une autre branche

D'olivier vert ?


Ou bien, moins forte que l'abîme,

La nef en deuil

Échouera-t-elle sur la cime

De quelque écueil ?

Oh ! frêle oiseau, je porte envie

A ton destin,

Qui règle le soir de ta vie

Sur son matin.


Tu ne laisses dans ton passage,

Exempt d'ennuis,

Rien de ton cœur sur le rivage

D'où tu t'enfuis.


Tout ce qui t'est cher t'accompagne ;

Tes fils épars

Accourent avec ta compagne

Lorsque tu pars.

Un même intérêt vous rassemble

Et vous unit ;

Vous bravez le péril ensemble,

Dieu vous bénit !


On dit que, dans la traversée,

Lorsque sur vous

Un vent de raffale glacee

Fond en courroux,


Vous resserrez, durant l'orage,

Vos bataillons,

Et votre accord brave la rage

Des aquilons.

Et qu'a-t-on fait de mes armées ?

Quel vent du nord

A , sur tant d'âmes enflammées ,

Soufflé la mort ?


Tout a disparu dans l'orage !...

La trahison

A déconcerté le courage

Et la raison.


Et je reste seul sur ma roche ;

Seul, sans retour,

Ne sentant plus rien que l'approche

De mon vautour ;

Moi, dont les vœux étaient des règles,

Moi l'Empereur !

Qui chargeais la foudre et les aigles

De ma terreur.


Mais, pourquoi me plaindre ? Silence,

Orgueil trompé !

N'ai-je, au profit de ma puissance,

Rien usurpé ?


Ce droit qu'en vain nul ne méprise,

Ce bien si grand,

La liberté ! je l'avais prise,

Dieu me la prend.

Eh bien ! moi, devant sa justice

Courbant mon front,

Je veux que ma gloire grandisse

Sous mon affront ;


Et découronné, sans patrie,

Empereur-Roi,

Vainqueur du monde, je m'écrie,

Vainqueur de moi :


Qu'est-ce, dans le temps et l'espace,

Qu'un conquérant ?

C'est un éclair de Dieu qui passe...

Dieu seul est grand !

# VI

# LA PAQUERETTE

---

A M^me AGNÈS LEVASSEUR

# LA PAQUERETTE.

**Imité de Burns.**


Fleur des prés, pauvre pâquerette,

Qu'un peu d'herbe pouvait cacher,

Mon Dieu ! de ton humble retraite

Quel barbare a pu t'arracher !

Tu ne brillais que pour le pâtre !

A chaque aurore, le zéphir

Ornait ta couronne d'albâtre

Ou d'une perle ou d'un saphir.


Avant cette atteinte mortelle,

Dans ton coin de terre oublié,

Ta tige encor n'avait plié

Que sous le vol de l'hirondelle.


C'était là, sur ton sol riant,

Qu'elle essayait sa voix timide,

Et gazouillait son chant rapide

En voyant rougir l'Orient ;

De là que vers l'aube empourprée

Elle aimait à prendre l'essor,

Et dans l'air son aile azurée

Jouait parmi les rayons d'or.


Et tu n'es plus rien ! ta couronne

Gît maintenant dans le vallon,

Et, feuille à feuille, s'abandonne

A la merci de l'aquilon.


Ainsi meurt, pleine d'espérance,

Quand nul abri ne la défend,

Cette blanche fleur d'innocence,

La pâquerette de l'enfant.

Gardez-la de toute souillure,

Mon Dieu ; gardez-la de tout mal,

Et qu'elle vous revienne pure

Dans tout son éclat virginal.

# LA SÉRÉNADE

## LA SÉRÉNADE.

Quelle sérénade m'éveille ?

D'où viennent ces accords si doux ?

Ma mère, và donc voir qui veille

Et chante si tard près de nous ?

— Je ne vois rien, pauvre malade ;

La feuille seule tremble au vent ;

Dors, ma fille ; ta sérénade,

Tu l'auras ouïe en rêvant.


— Ce n'est point musique mortelle

Qui me charme et qui me poursuit,

C'est un chœur d'anges qui m'appelle ;

Adieu, ma mère, bonne nuit.

# PRIÈRE D'UN JEUNE MATELOT

## A

# NOTRE-DAME-DE-BON-SECOURS

24.

## PRIÈRE D'UN JEUNE MATELOT

## A NOTRE-DAME-DE-BON-SECOURS.

Étoile des mers, ô Marie !

Toi qu'invoque le passager,

Quand le matelot jure et prie

En grand danger ;

C'est à toi que, du fond de l'âme,

Avant de partir, j'ai recours,

Toi qui t'appelles Notre-Dame

De-bon-Secours.


Tu le seras pour moi, j'espère,

Quand il faudra me secourir,

Car, si je mourais, mon vieux père

Voudrait mourir.


Songes-y bien, sainte madone,

Songe à ma bonne mère aussi

Qui m'a mis et qui s'abandonne

A ta merci;

Songe à ma jeune sœur qui pleure,

Craignant de ne me revoir plus,

Et qui pour moi dit d'heure en heure

Un angélus.


Conduis donc mon petit navire

Au gré de mes pauvres parents.

Prends bien garde qu'il ne chavire

Dans les courants.


Daigne le préserver encore

Des tempêtes, des calmes plats,

Du feu saint-elme qui dévore

Vergues et mâts

Quand la nuit deviendra si noire

Qu'on ne verra ni ciel ni mer,

Rends, du haut de ta tour d'ivoire,

Le jour à l'air.


Enfin, que la mer dorme ou gronde,

Daigne abaisser sur nous les yeux :

N'es-tu pas la reine de l'onde,

Reine des cieux ?


Ma mère, pendant mon voyage,

Doit faire brûler, chaque jour,

Un cierge devant ton image

Pour mon retour.

Par l'Enfant-Jésus, ô Marie !

Que tu cachas aux bords du Nil,

Exauce mes vœux, je t'en prie,

Ainsi soit-il !

# ELLE

# ELLE.

De l'épaisse forêt je suivais le chemin ,

Et , triste , j'enviais sous le chêne superbe

Le bonheur du sentier dont son pied foula l'herbe ,

Dont les modestes fleurs ont parfumé sa main.

Les oiseaux gazouillaient leur amour au feuillage ;

Dans les branches passait un doux frémissement ;

L'onde des clairs ruisseaux coulait plus mollement,

Et leur miroir uni reflétait son image.


Cette image adorée a mon plus pur encens ;

Mon cœur la retient mieux que ces ondes glacées ;

Son souvenir sans cesse enflamme mes pensées,

Ses traits, reflet divin, partout me sont présents.


Elle n'a nul souci de ma peine amoureuse ;

Je viens, quand le jour fuit, errer sous ces rameaux ;

Je souffre en étouffant ma plainte douloureuse ;

L'étoile connaît seule un témoin de mes maux :

J'ai gravé son doux nom sur l'arbre du rivage ;

Diane dans les nuits souvent le cherchera ;

Les fruits ensanglantés du framboisier sauvage

Le cacheront aux yeux quand l'été reviendra.


Mais, le long des sentiers, la pâle violette

En vain embaumera le soir qui fait aimer ;

En vain le rossignol charmera sa retraite ;

Ni chansons, ni parfums ne pourront me charmer.


Mes maux seront finis ; à leur trop long mystère

De l'éternel repos l'asile va s'ouvrir ;

Nul n'accompagnera mon cercueil solitaire ;

Elle ne saura point ce que j'ai dû souffrir.

25.

Mon ombre cependant désolée et plaintive

Viendra troubler parfois le calme de ses nuits :

Des songes éplorés lui montreront la rive

Et l'arbre confident de mes mortels ennuis.


Ses yeux pourront alors, aux clartés de la lune,

Lire le nom que j'aime, et qui fit mon malheur ;

Elle apprendra trop tard quelle est mon infortune,

Elle apprendra comment je suis mort de douleur.

# VISION

# VISION.

C'était par une nuit mystérieuse et sombre ;

Je méditais la Bible au livre de saint Jean,

L'épouvante de Dieu flamboyait dans mon ombre,

J'eus un rêve, et me crus aux bords de l'Océan.

Les rochers blanchissaient comme des ossuaires ;

Des nuages au ciel s'élevaient en lambeaux ;

On aurait dit les morts, vêtus de longs suaires ,

Au jour du jugement sortant de leurs tombeaux.


Tout à coup, et tandis qu'effrayé par ce songe ,

J'écoutais les clameurs de l'abîme et des vents ,

Un Esprit m'apparaît qui m'enlève et me plonge

Dans les gouffres du temps.


Je vis les derniers jours du monde :

Le ciel ne jetait plus qu'une pâle lueur ;

L'hymen était stérile , et la terre inféconde

Avait tari toute humaine sueur.

Et les peuples séchaient sur pied comme les chaumes

Que le moissonneur va lier ;

Un cheval pâle et blanc traversait les royaumes

Avec la Mort pour cavalier.


Puis je vis trois archers : la Famine, la Guerre,

Et la Peste qui vient sans bruit ;

Leur face décharnée était couleur de terre,

Et leur manteau couleur de nuit.


Et sur leurs pas hurlaient les hyènes avides ;

Le désert derrière eux se traînait en rampant,

Les lions avaient peur ! et près des tombes vides

Les hiboux se huaient dans les nids de serpent.

Et la terreur montait jusqu'au ciel même;

De ses astres vieillis Dieu retirait sa main,

Et privés de leur guide et de leur diadème,

Plusieurs s'éteignaient en chemin.


Alors, comme un géant, qui voit mourir sa race,

Et monter jusqu'à lui les ombres du trépas,

Frémit, et fait voler son armure en éclats,

Le soleil arrachait les rayons de sa face;

Partout soufflait le vent de la destruction,

Qui, comme une poussière au désert de l'espace,

Balayait la création.


Et les globes éteints se heurtaient dans leur fuite,

Pareils aux faons de biche à l'aspect du chasseur ;

Des éclairs, par moments, volaient à leur poursuite,

Et de leur nuit encor redoublaient l'épaisseur.

Des bruits au lieu de flots expiraient sur les plages,

Le vent avait tari les eaux de l'Océan ;

Et mon œil consterné voyait les coquillages

Courir comme la feuille à l'appel du néant.


Puis, quand rien ne resta de la ruine immense,

Quand de son froid linceul la mort eut tout couvert,

Quand partout se fut fait le vide et le silence,

Que rien ne surgit plus de ce vaste désert,

L'Esprit me dit alors : regarde ! Et d'une tombe

Je vis monter au ciel une blanche colombe.

26

# ÉPILOGUE

# ÉPILOGUE.

Au retour des frimas la forêt se dépouille ;

Mais la terre bientôt triomphe des hivers

Et chante avec orgueil dans les feuillages verts :

Comme elle mon esprit a sa glace et sa rouille ;

26.

Mais le travail de Dieu s'y fait incessamment ;

Il dégage le grain de tout ce qui le souille,

Et ma pensée en fleur devient un pur froment.


Fuyant le nord en deuil que l'aquilon désole,

Les oiseaux vont au loin chercher l'air attiédi

Et les fruits parfumés des jardins du Midi :

Vers un monde meilleur mon âme aussi s'envole ;

Je hâte de mes vœux ce lointain avenir,

Et je vois, à travers l'espoir qui me console,

Dans des liens d'amour l'homme à l'homme s'unir.


Le papillon captif entrevoit la lumière ;

Il brise avec effort son obscure prison,

Et s'ouvre, au sein des fleurs, un riant horizon :

Je rampe, hélas ! encor sur la froide poussière,

Je me sens à l'étroit dans ce terrestre lieu ;

Mais enfin, m'échappant de ma larve grossière,

J'irai m'épanouir au Paradis de Dieu.

FIN.

# NOTES

# NOTES.

—

## *Les Pains et les Roses* ( page 17 ).

Quelques vers d'un poème écrit en langue romane men-
tionnent, pour la première fois, le *Miracle des Roses* qui,
d'après cette version, aurait eu lieu vers le III$^e$ siècle de
l'ère chrétienne. Cependant, suivant une tradition du
Quercy et de l'Agenois qui revendiquent l'un et l'autre le

bénéfice de cette légende, elle ne remonterait pas au delà du XIIᵉ siècle. Il paraît, du reste, qu'elle n'est pas restée la propriété exclusive du Quercy : le savant *M. Bory de Saint-Vincent* m'a assuré en avoir trouvé des traces dans quelques provinces de l'Espagne.

Quoi qu'il en soit, cette légende est d'une date au moins aussi ancienne que celle du *Miracle des Roses* de Sainte-Élisabeth de Hongrie, avec lequel, d'ailleurs, elle n'a que très-peu d'analogie.

---

### *Le Drack* ( page 59 ).

Le *Drack*, *Drapp* ou *Drappet*, comme l'appellent plus communément les gens de la campagne du midi de la France, est un esprit multiple, plus ou moins malfaisant. Celui qu'on désigne par le dernier de ces noms est très-facétieux de son naturel, et il se fait un malin plaisir de jouer des tours aux servantes et aux ménagères, dont il se plait à mettre en défaut le zèle et la patience.

Le *Drack*, proprement dit, ne perd pas son temps à ces bagatelles ; c'est un esprit plus sérieux : il fait le métier de voleur, de voleur surtout de petits enfants. C'est une espèce de *roi des Aulnes* qui, lorsque la nuit vient, rôde à cheval autour des bois, et tâche, par toutes sortes de séductions, d'attirer à lui les enfants attardés. Malheur à ceux qui l'écoutent : leur crédulité amène leur perte.

Quant à l'étymologie du mot *drack*, les uns pensent qu'elle est celtique, d'autres la veulent trouver dans le mot latin *draco*.

---

### *Agnète* ( page 115 ).

Le *Trolle*, qui séduit *Agnète*, est un génie des mers du Nord. Cette ballade se trouve dans l'intéressante histoire

27

de la littérature en Danemark et en Suède, par **M. X. Mar-
mier**. C'est le récit d'une tradition répandue dans tout le
Nord. On la raconte encore à la veillée, on la chante dans
les familles. Elle a été recueillie par M. OEhlenschlæger, l'un
des meilleurs écrivains du Nord, et bien certainement le
premier poète du Danemark. Il serait à désirer, dans l'intérêt de notre littérature, qu'un homme d'un talent aussi réel
et qui a fait tant d'ouvrages remarquables fût plus connu
en France. En attendant que mes vœux se réalisent un
jour, puisse l'imitation que j'ai tentée de sa ballade
d'*Agnète*, lui parvenir au milieu des royales solitudes du
*Sœndermark*, comme un souvenir d'amitié et comme
un sincère hommage rendu à l'excellence de son esprit
et de son cœur.

---

### Les Oiseaux de passage (page 155.)

Cette pièce est imitée, en partie, de *Stagnelius*, poète
snédois très-distingué.

### *La Tentation* ( page 167 ).

Frithiof (*Fridhthjof, Fridthjofr*), le fort, est un ancien héros norvégien, un homme de mer dans le Nord, une
espèce de pirate, ou un **Wiking** comme on les appelait. Il
vivait peut-être au temps de Charlemagne, à l'époque des
premières invasions des Normands. Frithiof était encore
païen, ainsi que ses compatriotes. Son amour pour Inge-
borg (Ingebjorg), fille du roi Bèle, avec laquelle il avait
été élevé, et qu'au retour de ses excursions maritimes il
trouva mariée au roi Ring, est une tradition célèbre dans le
Nord, une légende scandinave, une *saga*, comme on dit,
écrite beaucoup plus tard en langue islandaise vers la fin
du XIII<sup>e</sup> siècle.

De nos jours, Esaïas Tegner, évêque de Wexioe, s'est
emparé de cette *saga*, et en a composé un poème suédois
en vingt-quatre chants de différents mètres, divisés le plus
souvent en strophes, et tenant à la fois de l'ode, de l'idylle,
de l'élégie et du poème épique.

Ce poëme, que Goëthe appelait une épopée maritime (ein See-Epos) a été publié par chants détachés en 1820, 1822 et 1824. La première édition complète a paru en 1825; la sixième date de 1841. Des traductions ont fait connaître l'ouvrage de Tegner en Norvége, en Danemark, en Angleterre, aux États-Unis, en France, et surtout en Allemagne. Parmi les traductions allemandes qui sont toutes en vers, on remarque celle de M^{me} d'Helvig, baronne d'Imhoff, dédiée à Goëthe, et celle de Gottlieb Mohnike que Tegner préférait comme plus fidèle, et dont la cinquième édition a été donnée en 1842. Plusieurs chants ont été mis en musique; et Julius Boehmer a publié, en 1841, vingt-six feuilles d'*illustrations* sur les aventures de Frithiof.

Il ne manque à la gloire de ce poëme singulier sans doute à nos yeux, mais d'un mérite incontestable, puisqu'il a eu déjà tant d'interprètes dans le Nord, que d'être un peu plus répandu en France. La mythologie du Nord nous est presque inconnue. Il faut donc supprimer bien des noms propres.

Pour l'intelligence du chant que nous avons choisi, il suffira de se rappeler qu'*Odin* est le roi des dieux scandinaves ; *Balder*, le dieu du soleil, le symbole du bien physique et du bien moral. Les *Walkiries* sont des divinités qui président aux batailles et sans doute à la chasse. Nous avons supprimé le nom de *Rota*, qui est une Walkirie ; celui de *Freia*, la déesse de la beauté ; celui de *Berserk*, qui désigne une espèce particulière de guerriers sauvages, toujours ivres et furieux, et beaucoup d'autres noms qui auraient demandé le secours d'un commentaire ou le dictionnaire de mythologie du Nord de Finn Magnusen.

---

### *Le Chevalier au Barizel* ( page 187 ).

Cette légende, à laquelle nous avons fait subir plusieurs changements qui nous ont paru nécessaires, se trouve dans le recueil des *Fabliaux* de Barbazan, tome Ier, et dans les *Études sur L'Allemagne* de M. A. Michiels.

FIN DES NOTES.

27.

# ERRATA.

Page 75, au lieu de *table*, lisez *tombe*.

Page 181, au lieu de *que*, lisez *quel*.

Page 214, au lieu de *sembait*, lisez *semblait*

# TABLE.

### III.

### IV.

### V.

### VI.

FIN DE LA TABLE

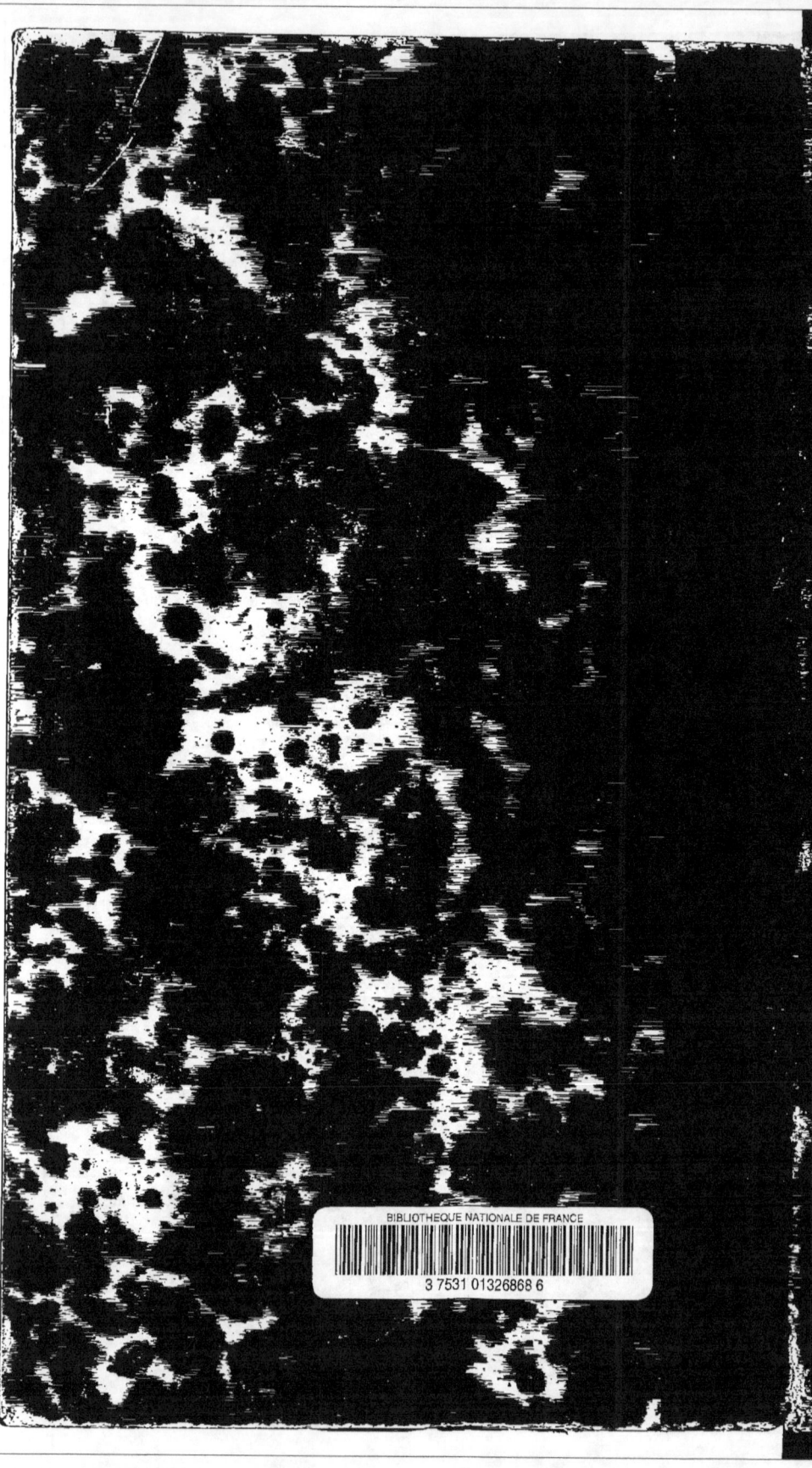